오늘도 수고한

________________ 에게

오늘 하루도 수고 많으셨습니다

김미라 에세이

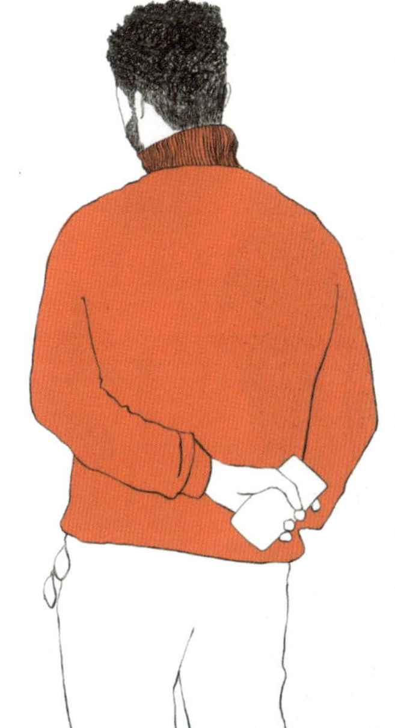

페이퍼스토리

저녁을
물들이는 말

올해 봄, 여행책을 내고 몇 번의 북토크를 했습니다. 방배동의 작은 책방에서 북토크를 하던 날, 책에 사인을 받으려는 독자들 맨 뒤에 서 있던 여성이 작은 목소리로 속삭이듯 말했습니다. 다 포기하려고 했던 어느 날 '오늘 하루도 수고 많으셨습니다' 라는 인사가 자신을 길에서 울게 했고, 다시 그 인사를 받을 자격을 갖춰야겠다고 결심했던 이야기를 전해줬습니다.

그녀는 내게 멋진 명함을 주었습니다. "여기엔 '오늘 하루도 수고 많으셨습니다'라는 인사의 몫도 있다"는 말과 함께.

2002년 봄, KBS 클래식 FM 〈세상의 모든 음악〉이 시작될 때부터 지금까지 저녁 6시에 방송되는 이 프로그램의 원고를 쓰고 있습니다. 물론 그동안 몇 번은 다른 프로그램에 다녀오기도 했고, 3년 정도 방송을 떠나기도 했습니다. 다시 저녁 6시로 귀환하니 변함없이 기다려준 청취자들이 있었고, 제가 아무 데도 간 적 없었다는 듯 '오늘 하루도 수고 많으셨습니다'라는 인사도 이어지고 있었습니다.

이 인사를 오프닝에 넣게 된 건 2005년, 배우 김미숙 씨가 〈세상의 모든 음악〉을 진행할 때였습니다. 많은 분이 지적하시는 것처럼 '수고 많았다'는 말은 윗사람이 아랫사람에게 하는 말이라는 걸 잘 알고 있습니다. 하지만 맞춤법을 어기거나 사투리를 사용해야 꼭 맞는 표현이 될 때가 있는 것처럼, 원래의 사용법 너머의 사용법을 갖게 되었을 때 더 뭉클한 말이 있습니다. '오늘 하루도 수고 많으셨습니다'라는 인사가 그렇습니다.

자기 몫의 하루를 보내느라 애쓴 사람들, 그러나 서로의 하루에 담긴 수고를 헤아려주기엔 너무 고단한 분들을 대신해 〈세상의 모든 음악〉이 그 인사를 건네기로 했습니다. 너무 젊은 진행자는 할 수 없는 그 인사를 김미숙 진행자가 전해드리자 많은 청취자가 그 인사와 얽힌 사연을 보내주셨습니다.

　지금도 여전히, "'오늘 하루도 수고 많으셨습니다'라는 말을 들으면 울컥해진다"는 사연이 도착합니다. 그중에 기억에 남는 건 큰 수술을 받았던 때를 회상하는 어느 청취자의 이야기였습니다. 회복실에 라디오를 놓아달라고 부탁했다는 그분은 긴 수술에서 깨어나던 순간에 전기현 진행자의 '오늘 하루도 수고 많으셨습니다'라는 목소리를 들었다고 합니다.

　책을 마무리할 무렵 또 하나의 잊을 수 없는 이야기를 접했습니다. '바람의 딸' 한비야 작가가 보내주신 메시지였습니다.

　"긴박하고도 처절한 구호 현장에서 〈세상의 모든 음악〉은 최고의 진통제이자 신경안정제였습니다. 저는 남수단 구호 현장에서, 로힝야 난민촌에서, 팔레스타인 구호 활동 중에도 〈세상의 모든 음악〉을 들었습니다. 특히 서아프리카 말리 북쪽은 내전으로 매우 위험한 곳이었는데, 그때 익숙한 세음 시그널과 전기현 님 목소리를 들으면서 많이 울었습니다. 안심이 되었고, '수고했다' 등 두드려주는 것 같았습니다. 한 아이를 구하기 위해 모두 애썼던 어느 날엔 결국 그 아이를 살리지 못해 마음이 무너져 있었는데, 시그널을 듣고, 오프닝을 듣고, '오늘 하루도 수고 많으셨습니다'라는 인사를 들으며 펑펑 울었습니다."

이 인사는 도대체 얼마나 멀리, 얼마나 깊이, 얼마나 속속들이 전해지는 걸까, 한비야 작가님의 메시지를 읽으며 저도 울컥했습니다.

시간 속에 흩어져버린 라디오 원고를 다시 읽고 싶다고 요청해주신 애청자들께 감사드립니다. 북토크의 현장에서 오랜 사랑을 고백하셨던 분들이 계셔서 한 번의 방송으로 사라질 수도 있었던 '말'이 '글'이 되고 '책'이 되었습니다.

언제나 자신의 사진과 그림을 선뜻 내어주는 아들 정빈에게 고마운 마음을 전합니다. 나의 가장 어린 애청자 조하루 군이 보내준 사랑도 잊지 않겠습니다. 방송을 자주 들어주시고, 주변의 반응까지 전해주시는 이해인 수녀님께도 깊이 감사드립니다. 2013년에 『오늘의 오프닝』을 낸 뒤 무려 12년을 기다려주신 '페이퍼스토리' 오연조 대표님 덕분에 이 책을 완성할 수 있었습니다.

첫 번째 독자이자 원고를 늘 더 빛나게 전달해주는 전기현 진행자, 젊은 감각으로 제게 새로운 기운을 불어넣어주는 정혜진 프로듀서, 그리고 〈세상의 모든 음악〉에 자신의 모든 수고를 바친 안종호 프로듀서께 특별한 감사를 보냅니다.

무엇보다 음악을 들으며 잠깐 걸음을 멈출 줄 아는 사람들, 오랫동안 〈세상의 모든 음악〉을 사랑해주신 애청자들께 깊고 뜨거운 감사를 전합니다.

오늘 하루도 수고 많으셨습니다!

2025년 크리스마스 무렵에, 김미라

/ contents /

Opening Note_ 저녁을 물들이는 말 5

하나.

나도 그렇게
눈부셨던 적 있을까 · 14

라디오가 있는 방 / 곁을 내어주다 / 최초의 청취자 / 다이아몬드와 먼지 / 심장도 쉴 때가 있다는데 / 파슬리처럼 / 씨앗 영수증 / 무해한 아침 / 빗속에서 춤추기 / 환대의 시간 / 이웃이 없습니다 / B급 영화 / 열기구를 띄우려면 / 눈앞에서 문을 닫고 떠나버린 지하철에게 / 아무거나 서랍 / 떨리는 건 당연해 / 명랑한 집, 나른한 배추 / 절박한 월요일 / 페이지 터너와 수녀님 / 선생님은 왜 최고의 그릇을 준비했을까 / 옆방의 문을 여는 일 / 의젓한 보온병 / 봄날, 자전거 / 선인장을 키우고 싶다면 / 봄은 취소되지 않는다 / 손수건 있니? / 퍼펙트 데이즈 / 환승 / 두 번째, 미나리 / 좋은 비율을 찾아서 / 존경, 종이비행기 / 잊지 못하는 사람 / 외아들처럼 둘.

햇살은 거기
놓아두세요 · 86

두 번째를 사랑한 당신 / 얼룩을 사랑하는 일 / 덧칠하고 싶은 마음 / 허락은 필요 없어 / 당신을 사랑하는 버릇처럼 / 예쁘다 / 거울과 자화상 / 카잔차키스의 실수 / 충분한 속도와 충분한 거리 / 비행기 모드를 켜면 / 난 잘 도착했어 / 세 강도 / 지하철 타고 왔어요 / 우주선에서 라떼 한 잔 / 아빠를 행복하게 해드리기는 너무 쉬워! / 내 안의 밝음, 내 안의 놀라움 / 떨어져 있는 이유 / 쿠바, 2달러 / 너무 많이 아는 사람들 / 바퀴를 달면… / 없을 것 같지만 있는, 있을 것 같지만 없는 / 라이벌 / 국물 있는 요리 / 자란다, 잘한다 / 예감은 틀리지 않는다 / 나를 지탱하는 힘은 어디서 오는가 / 아끼는 사람 / 함께 보낸 시간은 거짓말을 하지 않는다

셋.

저녁에 쉼표,
하나 · 146

너의 마음 속으로 1년 살기를 하러 간다 / 결국엔 다 잘될 겁니다 / 트로피였구나 / 전두엽에 있는 스위치 하나 / 발효의 시간 / 톱밥 생각 / 느슨한 용수철이 되는 것도 괜찮아 / 처음부터 끝까지, 꽃다발 / 가을엔 가을의 모데라토 / 괄호 열고, 괄호 닫고 / 가로등이 피었습니다 / 달리면서 우울해하기란 어렵다 / 관심의 사각지대 / 먼 길 / 액자를 걸면 / 짐작과는 다른 일 / 감정의 레벨 / 뺄셈을 하는 저녁 / 눈을 마주치면 / 혓바늘 돋는 시간 / 우아한 배짱 / 달의 뒷면에는 / 눈치를 보다 / 잘하지 않아도 괜찮아 / 영수증 사용법 / 공원에 또 가면 된다 / 1등 없는 2등처럼 / 띄엄띄엄 / 소음과 여운 / 생각나는 문서 / 사이프러스를 좋아하는 이유 / 직선보다 곡선 / 약간 작은 담요를 덮는 일 / 노을빛이 우체통을 오래 문지른다 / 사랑하는 사람만이 알 수 있는 것

넷.

지금 행복하지 않으면
언제 행복할 거예요 · 226

너 없는 삶 / 창문이 데려오는 것 / 케이크의 사명 / 너무 시끄러운 고독 / 지금 행복하지 않으면 언제 행복할 거예요 / 네 가지 색 볼펜 / 알곤퀸 라운드 테이블 / 라디오, 와인을 지키다 / 벼랑 끝에서 / 소금이 온다 / 줄리아 차일드처럼 / 다음, 다음의 다음 / 타이어, 와이어 / 너를 기억해 / '집'들도 이사를 한다 / 공주와 왕자에게만 가능했던 일 / '문득'을 데려오면 / 일기장 같은 영화 / 엄마, 난 잘 지내고 있어요 / 그 남자, 김민기가 떠나던 날 / 겹겹의 사람들 / 그러니까, 오래 해 / 넘치도록 사랑받은 / 외로움 담당 장관 / 겨울, 영상 10도 / 눈 내리는 날의 안부 / 장엄한 귀가 / 그렇게 한 해가 간다 / 반올림

하나.

나도 그렇게

눈부셨던 적
있을까

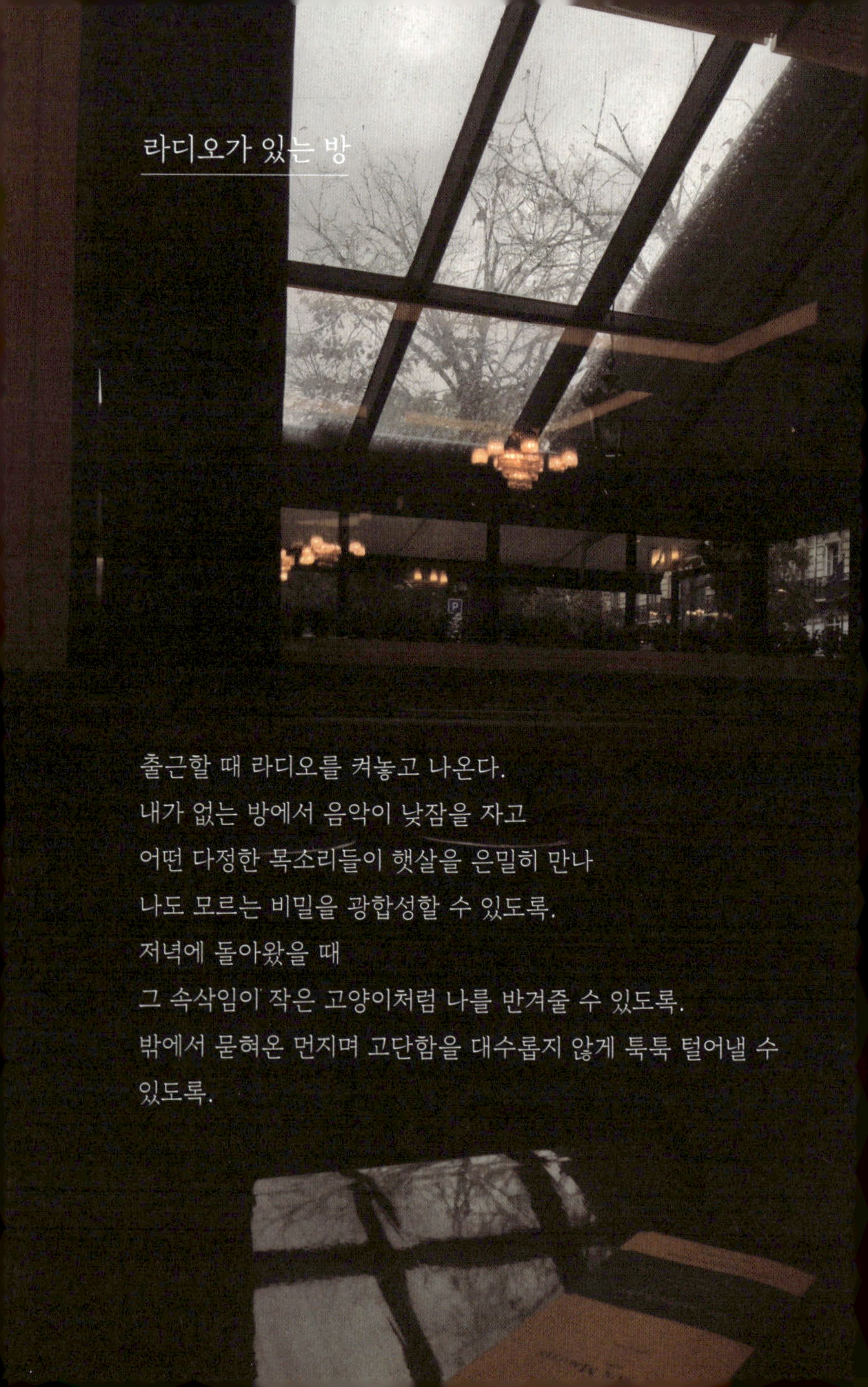

라디오가 있는 방

출근할 때 라디오를 켜놓고 나온다.
내가 없는 방에서 음악이 낮잠을 자고
어떤 다정한 목소리들이 햇살을 은밀히 만나
나도 모르는 비밀을 광합성할 수 있도록.
저녁에 돌아왔을 때
그 속삭임이 작은 고양이처럼 나를 반겨줄 수 있도록.
밖에서 묻혀온 먼지며 고단함을 대수롭지 않게 툭툭 털어낼 수
있도록.

부재중인 방에서 들려오는 라디오를 생각해봅니다.

사람은 없고, 저 혼자 모니터에서

깜박이는 커서를 볼 때처럼 쓸쓸한 느낌입니다.

그런 순간이 있을까 봐 라디오에서는 쉬지 않고 좋은 음악을

준비하고, 따뜻한 이야기를 준비하고,

그것들이 발효되어 따뜻한 빵처럼 구워지도록 마음을 다합니다.

라디오의 능력은 그런 거라고 믿습니다.

민들레 홀씨처럼 가볍게 어깨에 내려앉을 수도 있고, 내복처럼

가까이 다가가 마음의 온도를 따뜻하게 데워줄 수 있다는 것.

무엇보다 가장 추운 방이 어딘지 금방 알아보고

열쇠 없이도 그 방의 문을 열 수 있다는 것.

그리고 천천히 그 빈 자리를 물들일 수 있다는 것.

곁을 내어주다

'곁에 있는 것'과 '옆에 있는 것'은 비슷한 것 같지만
약간의 차이가 있습니다.
'옆'은, '그 책상 옆'이라거나 '내 옆'처럼 아주 분명하고
현실적인 공간이지만 '곁'은 추상적이고 관념적이죠.
또 '옆'은 사람이나 사물을 가리지 않고 쓸 수 있지만
'곁'은 언제나 사람을 중심으로 사용됩니다.

곁을 내어준 사람이 있고,
곁을 내어주기를 묵묵히 기다려준 사람도 있고,
서로의 곁을 지키며 더 친밀해지는 사람들도 있습니다.
그러고 보니 '내 옆에 있는 사람'과 '내 곁에 있는 사람'도
확실히 다르네요. 지금 내 옆에 없어도 언제나 내 곁에 있는 사람,
그 사람의 안부가 궁금합니다.

오늘 하루도 수고 많으셨습니다.

최초의 청취자

세계 최초로 라디오 방송을 한 사람은 과학자였고,
최초의 청취자는 항해 중이던 뱃사람들이었습니다.
1906년 크리스마스 이브에, 레지널드 페센든 Reginald Fessenden은
매사추세츠에 있는 무선 송신소에서 최초의 라디오 방송을
했습니다.
그날 그는 〈O! Holy Night〉을 직접 바이올린 연주로
들려주었고, 성서의 크리스마스 이야기를 읽어주었다죠.
이어서 헨델의 오페라 아리아 〈Largo〉를 음반으로 들려주었고,
항해하는 선박을 향해 '메리 크리스마스!' 하고 인사했다고
합니다.

모스부호만 수신하던 뱃사람들은 수신기에서 갑자기
음악이 들리고 사람 목소리가 들리자 충격과 감동을 동시에
느꼈다고 하죠.
배 위에서 외로운 시간을 보내던 사람들이

최초의 라디오 청취자였다는 건 의미심장한 일입니다.

왠지 라디오가 만들어진 이유 같기도 해서 말이죠.

세상의 모든 다정한 목소리에는

외로운 항해 중에 접한 최초의 라디오 방송 같은

뭉클함이 담겨 있을 겁니다.

다이아몬드와 먼지

북유럽의 스키 리조트나 아주 추운 지방의 고산지대의 몇몇
휴양지에서는 겨울 투숙객에게 특별한 경험을 선물합니다.
투숙객들은 밤에 함께 모여서 눈썰매를 타고 높고 평평한
곳으로 이동하게 되는데, 그곳에 도착하면 랜턴을 하나씩
나눠준다고 합니다.

가능하면 눈밭에 누워서 랜턴을 켜면 가장 아름다운 경험을
하게 된다는 조언을 듣고, 참가자들은 동심으로 돌아간
아이처럼 눈밭에 털썩 누워봅니다.
그리고 가슴 위에 랜턴을 올려놓고 스위치를 켜면
마법의 나라에서나 볼 수 있을 것 같은 반짝이는 결정들이
공기 중에 춤을 추는 것이 보입니다.
크리스털 가루를 뿌린 것처럼 반짝이는 입자들이 랜턴의
빛 속으로 들어와 떠다니는 장면은 누구에게나 잊을 수 없는
추억이 되겠지요.

겨울에, 아주 추운 지역에서만 볼 수 있는 이 신비로운 현상을
'다이아몬드 더스트'라고 부릅니다.
공기 중의 수증기가 얼어붙어 바늘이나 작은 기둥 모양의
미세한 얼음 결정이 되어 하늘에 떠다니는 현상입니다.
어떤 경우엔 아침 햇살이 빛날 때 바람을 따라 보석처럼
떠다니는 다이아몬드 더스트를 볼 수도 있다고 합니다.
일반적으로 영하 15도 이하에서 발생하고,
남극과 북극, 시베리아, 북미 대륙, 북유럽과 알프스,
북해도나 알래스카 같은 추운 곳에서 관측이 된다고 합니다.
흔히 볼 수 없는 현상이어서 그런지, 다이아몬드 더스트를 함께
보면 영원한 행복을 얻는다는 이야기도 전해진다고 하죠.

'다이아몬드 더스트'라는 이름이 참 아이러니하고
매혹적입니다. 가장 귀한 다이아몬드와 가장 흔한 먼지가 함께
있는 단어.
그저 공기 중의 수증기가 만든 현상일 뿐이고,
그래서 '먼지'라는 이름도 붙어 있지만,
다이아몬드와 더스트가 나란히 붙은 이 말은 평상시에는
알 수 없었던 놀랍고 고마운 존재를 생각나게 합니다.
존재조차 잊고 있던 수증기가, 영하 20도 이하의 혹독한 상황이

되면서 비로소 자신의 존재를 드러내니까요.

마치 먼지처럼 많은 사람들 중의 하나였으나 위기에서 우리를

구하러 뛰쳐나온 사람처럼 느껴지기도 합니다.

우리가 극지의 삶처럼 춥고 힘겨운 시간을 지날 때

비로소 우리 곁에 모습을 드러내는 사람.

다이아몬드 더스트처럼 반짝이는 영혼으로 우리 곁에

등장했었던 이름들을 기억해봅니다.

세상에는 아직 우리가 모르는 경이로운 자연의 섭리도 많고,

우리가 모르는 사이 빚진 사람들도 많으며,

우리도 모르게 빛나는 사람들이 많다는 것도

함께 기억해봅니다.

심장도 쉴 때가 있다는데

연중무휴, 24시간 영업.

상점에 이런 표시가 되어 있으면 편리하겠다는 생각보단

휴식을 취하지 못할 사람들이 떠올라 마음이 불편해집니다.

쉬어야 다시 몸을 일으킬 수 있는데,

줄을 풀어놓아야 바이올린도 다시 노래할 수 있는데,

잎을 떨구고 휴식을 해야 나무도 다시 꽃을 피울 수 있는데,

밀가루도 발효를 거쳐야 부드러운 빵이 되는데,

심장도 열심히 뛰는 사이사이 쉴 때가 있다는데,

그런 생각들이 마음을 스쳐갑니다.

꽃들이 활짝 핀 봄날,

일은 꽃들이 하게 내버려두고

잠깐 잠깐 행복하시기를…….

파슬리처럼

요리책을 보다가 문득 파슬리에 관심이 생겼습니다.
파슬리에 관해 대부분의 요리책에서는 이렇게 쓰고 있습니다.
‘마지막에 파슬리를 뿌려 주세요. 없으면 생략해도 됩니다.’

있으면 좋지만 없어도 그만입니다.
이렇게 존재감 없는 재료인데도 파슬리는 여전히
서양 요리에 남아 있고, 여전히 요리책에 등장하고,
여전히 슈퍼마켓 매대에도 있습니다.

존재감 강렬한 사람이 너무 많아서 피곤할 때는
파슬리처럼 살고 싶다고 생각하곤 합니다.
파슬리처럼 있는 듯 없는 듯 조용히 보내는 하루도 괜찮고,
파슬리를 뿌려 조화롭게 마무리된 요리처럼
조용하고 뿌듯한 마무리도 마음에 들 겁니다.

씨앗 영수증

슈퍼마켓 계산대에서 영수증과 함께 상추 씨앗을 받았습니다.
계산을 하고 씨앗을 거슬러 받는 봄날의 풍경이
아름다웠습니다.
이 까맣고 작은 씨앗들이 정말 상추가 되기는 할까?
씨앗이 든 봉투를 열어보며 그런 생각도 잠깐 했습니다.
언젠가 어느 정원사가 만든 영상을 봤는데, 파프리카의
윗부분을 잘라 배양토에 심으니 싹이 나고 무럭무럭
자라더군요.
우리가 먹는 것 속에 수많은 씨앗이 있다는 것이 신기했습니다.
아주 작고 단단한 씨앗이 만들어지는 것도, 땅에서 싹을 틔우는
것도 모두 저마다의 기적 같다는 생각이 들기도 합니다.

씨앗을 뜻하는 말은 신기하게도 세상 어느 지역에서나 비슷한
발음을 가지고 있습니다. 거기엔 이유가 있습니다.
다른 모든 것은 그 지역에 원래부터 있던 것들이지만

씨앗은 처음에 재배한 곳으로부터 멀리 퍼져나갔기 때문에,
씨앗이 전해질 때 그 명칭까지 함께 전해졌을 것으로
추정됩니다.
우리는 씨앗, 씨라고 하고, 영어에서도 우리와 발음이 비슷한
‘씨드seed’라는 단어를 씁니다.
인도와 유럽의 고어에서도, 중앙아시아의 언어에서도
‘씨드’와 비슷한 발음의 단어를 쓴다고 합니다.
라틴어에서는 씨앗을 ‘세멘semen’이라고 하고,
씨앗을 뿌려 키우는 모판과 같은 것을
‘세미나리움seminarium’이라고 불렀다죠. 학술토론회를 뜻하는
‘세미나seminar’가 바로 ‘세미나리움’이라는 말에서 나왔다고
하네요.

농사짓는 사람들은 씨앗을 뿌릴 때 한 구덩이에 세 개의 씨앗을
뿌린다던 이야기가 기억납니다.
새를 위해 하나,
벌레를 위해 하나,
농부를 위해 하나 뿌려놓고
겸손한 마음으로 기다립니다.
기다릴 줄 아는 마음이야말로 씨앗을 심을 때 가장 중요한

준비물입니다.

칠레의 아타카마 사막에는 7년에서 10년에 한 번쯤 비가
내리는데, 그때가 올 때까지 기다리는 씨앗들이 있어서
하루 아침에 사막을 분홍빛 꽃밭으로 만들기도 합니다.

누구에게나 그렇게 피어나기 좋은 때가 옵니다.
그 믿음을 씨앗처럼 단단하게 품어봅니다.

무해한 아침

얼마 전에 동네 서점 ‘스테디슬로우북스’ 앞을 지나다가
흥미로운 안내문을 봤습니다.
‘노 와이파이 – 무해한 아침’이라는 프로그램이었는데,
‘무해하다’는 말이 마음에 딱 와닿았습니다.
온라인 세상의 소란스러움에서 멀어지는 시간, 휴대폰도 잠시
넣어두고 무엇이든 자신이 하고 싶은 것을 해 보는
작은 모임이라고 안내가 되어 있었습니다.
책을 읽어도 좋고, 그림을 그려도 좋고, 뜨개질을 해도 좋은
시간. 그렇게 일정한 시간을 보낸 뒤에 차를 마시며 각자 보낸
시간을 공유하는 시간이라고 했습니다.
혼자서도 얼마든지 무해한 시간을 보낼 수 있지 않나 싶지만
이런 일은 또 뜻이 맞는 사람들과 함께해야 더 뿌듯합니다.

‘무해한 아침’을 잘 마치고 나면 작은 선물도 있는 것 같더군요.
별일 아닌 것 같지만 이렇게 사소한 모임들이 많아지는 건 멋진

FINLAND
NORWAY
COSMOS
HOME COOKING
HUB GARDEN
Touch of Spice
MINDFUL
BASIL & TOMATO
JUSTICE
I WONDER IF —
DAVID LINE
OUT of AFRICA
RAIN
BATH
NEW CASTLE
HOWARTH
LONDON
TOSCANA
GREECE
ITALIA
NAPOLI
PORTUGAL
SUISS
MEDIA
PICAS
PEACE AND FR

일입니다. 서점의 창문에 붙은 '무해한 아침'이라는 안내문을
읽은 것만으로도 길을 가다 큰 선물을 받은 것 같았습니다.
누구에게도 해를 끼치지 않는다는 것도,
나 자신도 무엇으로도 방해받지 않는다는 것도 좋은 일이죠.

무해한 시간, 무해한 삶, 무해한 행동과 대화.
'무해하다'는 말은 왜 이렇게 마음에 와닿을까요.
다른 사람의 마음을 불쑥 침범하거나, 잘못을 인정하지 않거나,
다른 이의 피해 같은 것엔 신경도 쓰지 않는 사람이
점점 늘어나서 그럴지도 모르겠습니다.
'무해하다'는 건 원래 우리 삶의 기본 조건이었는데
점점 무해한 것을 찾기가 어려워지는 현실을
작은 서점의 창문 앞에서 생각합니다.

영화 〈안경〉의 주인공처럼 휴대폰이 소용없는 지역으로
여행을 떠나지는 못하더라도, 잠깐 휴대폰을 좀 멀리 두고
작은 서점의 그 고운 모임처럼 '무해한 저녁'을 누려봅니다.
여러분께도 무해한 저녁을 권하고 싶습니다.

빗속에서 춤추기

추수할 무렵에 내리는 비는 썩 반갑지는 않지만

계절이 옮겨가려면, 가을이 성큼성큼 오려면, 비가 와야 합니다.

비가 내려야 세상 먼지들이 가라앉고,

빗길을 걸어야 보송한 길의 소중함도 알고,

무지개를 만나려면 소나기를 사랑할 줄 알아야 하죠.

인생에 폭풍우 치는 날이 없기를 바라지 않습니다.

비 내리는 날이 없기를 바라는 건 더욱 아닙니다.

다만 비가 내릴 때

다른 사람과 함께 우산을 쓰는 법을,

젖은 마음을 말릴 줄 아는 법을,

빗속에서 춤추는 법을 알게 되기를 바랍니다.

환대의 시간

멀리서 노란색 스쿨버스가 나타나자, 머리를 고래 분수처럼
묶은 여자아이가 팔짝팔짝 뜁니다. 오빠가 스쿨버스에서 미처
다 내려오기도 전에 목을 끌어안고 뽀뽀를 해댑니다.
스쿨버스 안에서는 박수와 휘파람이 쏟아지고, 오빠는 얼굴이
빨개지면서도 동생을 꼭 끌어안고 집으로 향합니다.
친구가 보내준 이 짧은 영상을 보는 동안 마음이 훈훈했습니다.
환대란 저런 것이구나, 집으로 돌아오는 사람에겐 저런 환대가
정말 소중하겠구나 싶었습니다.

최초의 영화로 알려진 뤼미에르 형제의 작품도
일종의 '환대', 따뜻한 마중에 관한 것이었습니다.
〈정거장의 기차 도착〉이라는 이 영화는 뤼미에르 형제가
남프랑스의 '라 시오타'라는 작은 마을에 머물 때
만들어졌습니다.
영사기에 대한 특허를 얻은 형제는, 첫 영화로 마르세유에서

기차를 타고 오시는 어머니를 담기로 합니다.
그렇게 해서 최초의 영화에는 마르세유를 출발해서 힘차게
증기를 내뿜으며 달려오는 기차와, 어머니를 기다리는 아들의
마음, 사랑과 환대가 담겼습니다.
이 영화가 극장에서 상영될 때 관객들은 객석을 덮칠 것처럼
달려오는 기차에 놀라 혼비백산 도망을 갔다고 하죠.
'최초의 영화'는 '최초의 공포영화'이기도 했던 셈입니다.

영화의 역사도 어머니를 기다리는 아들의 환대로 시작되었듯
세상의 모든 저녁이 다정한 환대의 시간이면 좋겠습니다.
가끔은 비밀번호 대신 벨을 누르고,
안에서 들려오는 환대의 소리도 들을 수 있기를 바랍니다.
나 혼자뿐인 집으로 돌아가는 분도 고래 분수 머리를 한
귀여운 아이가 오빠를 환대하던 장면처럼
뭉클한 환대를 상상하며 귀가할 수 있으면 좋겠습니다.

이웃이 없습니다

억만장자들의 집이 몰려 있는 뉴욕에서도 가장 럭셔리한
아파트를 담은 영상을 봤습니다. 센트럴 파크가 정면에 펼쳐져
있고, 허드슨강도 보이고 저녁이면 맨해튼의 불빛이 장관을
이루는, 최고의 아파트였습니다. 그 집을 관리하는 전문가가
나와서 아주 자랑스럽게 말했습니다. '이 집의 최대 장점은
이웃이 없다는 것'이라고 말이죠.
한 층에 한 가구만 있다는 럭셔리함과 사생활 보호에
충실하다는 장점을 부각하려는 말이었겠지만
듣는 순간 작은 충격이 느껴졌습니다.

집으로 가는 버스 정류장에서, 골목의 상점에서,
아파트의 현관에서 이웃들과 마주하게 될 저녁입니다.
이웃이 있어서 좋은 우리들,
오늘은 더 다정하게 인사하고 안부도 나눌 수 있으면
좋겠습니다.

B급 영화

'B급 영화'의 정체는 뭘까요?

사전적인 정의를 보자면, B급 영화는 대공황기에 동시상영을
위해 만들어진 저예산 영화를 의미했습니다.

흥행에 중점을 두고 저예산으로 마구 만들다 보니 작품의 질을
보장하긴 어려웠지만, 오히려 주류 영화는 할 수 없는 독특한
시도를 하는 경우도 많았습니다.

근엄하지 않은 연출, 의도하지 않은 코미디를 보는 재미도
있어서 B급 영화의 팬덤이 만들어지기도 했죠.

B급 영화를 구분하는 방법 중엔 이런 것도 있습니다.

'등장인물이 문을 쾅! 닫고 나갈 때 세트가 흔들리면 B급
영화'다.

로저 코먼 감독이 알려준 'B급 영화'의 정의가 가장 마음에
듭니다.

'B급 영화란 잘난 척하지 않으면서 가끔 멋진 장면을 보여주는
영화다'.

이건 주류 영화도 뛰어넘는 굉장한 경지를 의미하는 것이 아닐까 싶습니다.

특히 '잘난 척하지 않는다'는 대목이 마음에 듭니다.
잘난 척하면서 멋진 장면을 보여주는 영화는 많습니다.
잘난 척하면서 멋진 장면은 보여주지 못하는 영화도 많고,
잘난 척하지는 않지만 그렇다고 멋진 장면을 보여주는 것도
아닌 영화는 더 많죠.
잘난 척하지 않으면서 가끔 멋진 장면을 보여주는 영화.
B급 영화 팬덤이 존재하는 건 바로 이런 매력 때문이겠죠.

요즘엔 개인의 SNS에 'B급'이라는 말을 붙인 경우를 가끔
봅니다. 주류가 아니다, 혹은 가볍게 쓰고 자유롭게 채우는
의미를 담은 것이겠지만, 놀랍도록 해박하고 멋진 콘텐츠를
만들어둔 경우도 많습니다.
그런 곳에 붙은 'B급'이라는 표현은 무척 반짝입니다.

시대의 흐름인 건지, 혹은 집단지성의 힘인지는 모르겠지만
요즘엔 내면이 단단하고 야무진 사람들이 많습니다.
내세우지 않고, 조화롭게 물들어가려는 사람들. 자신을 기꺼이

B급이라고 표현하거나 그런 것마저 없이 자기 삶에 충실한
분도 많습니다.

B급 학생, B급 작가, B급 산책, B급 만남.
이제 진짜 매력적인 B급의 시대가 되었다는 생각이 듭니다.
유쾌하고, 신선하고, 발랄해질 수 있는 B급 세상에
기꺼이 세 들어 살고 싶습니다.

열기구를 띄우려면

우연히 하늘을 날아가는 풍선을 봤습니다.
날아가는 풍선이 자유롭게도 보였지만, 누가 놓친 것일까?
풍선을 놓쳤거나 혹은 날려 보냈을 사람도 생각하게 되더군요.
열기구를 움직이는 조종사는 열기구를 띄우기 전에 먼저
풍선을 불어 하늘로 날려 보낸다고 합니다.
열기구를 띄우기 위해 고려해야 할 것, 바람의 방향이나
속도처럼, 안전을 위해 꼭 체크해야 할 것을 파악하기
위해서라죠. 높이가 무려 25미터에 이르는 열기구의 이륙을
결정하는 것이 정찰병 같은 작은 풍선이라는 건
무척 의미심장하게 느껴집니다.

어느 베테랑 열기구 파일럿은 승객에게 이렇게 말합니다.
'우리는 이제부터 나무 위를 걷게 될 겁니다.'
가끔은 음악이 열기구가 되어주면 좋겠습니다.
음악을 들으며 나무 위를 걷는 매혹을 전해드릴 수 있도록.

눈앞에서 문을 닫고
떠나버린 지하철에게

계단을 마구 뛰어 내려갔는데
바로 눈앞에서 지하철이 문을 닫고 떠나버릴 때.
꼭 사야 할 티켓이 있어서 줄을 섰는데
내 앞에서 마감이 되어버릴 때.
듣고 싶은 강의를 신청하기 위해 클릭하려는 순간
화면이 멈춰버릴 때.
유독 내게만 세상이 철문을 굳게 닫아거는 느낌이 들 때가
있습니다.
고민 많고 막막한 날을 '여기저기 문을 두드리는 심정'이라고
표현하기도 하는데, 열려 있던 문이 유독 내 앞에서만 가혹하게
빗장을 거는 느낌이 들 때가 있죠.

그런데 이런 생각에는 함정이 있습니다.
유독 나에게만 가혹하다는, 그 주관적인 판단이죠.
세상이 나에게만 인색하다는 느낌이 들 때는 당연히 많습니다.

하지만 다른 사람에게도 똑같이 일어나는 일입니다.

우리가 운 좋게 닫히려는 문 안으로 들어섰다면,

누군가는 우리 바로 뒤에서 자기 앞에서 가혹하게 닫히는 문을

바라보았겠죠.

만약 우리가 운 좋게 마지막 표를 얻었다면 바로 우리 뒤에 선

사람이 문을 닫아거는 세상을 느꼈을 겁니다.

세상의 많은 일이 뜻대로 되지 않는 건 사실이지만

유독 나에게만 그런 건 아니다,

모두가 그런 걸 느끼며 살아가고 있다,

이렇게 정정해야 할 것 같습니다.

문을 닫아건 세상에 대해서 말하다 보니 프랑스 작가 마르셀

프루스트 생각이 납니다. 세상이 그에게 문을 닫아걸었다고

해야 할지, 혹은 천식이 심했던 그가 세상과의 문을 스스로

닫아걸었다고 해야 할지 모르겠지만, 그는 닫힌 문 안에서

『잃어버린 시간을 찾아서』라는 작품을 썼죠.

푸르스트는, 우리가 무언가를 잃었다고 느낄 때, 그때가

기억을 되찾을 가능성이 열리는 순간이라고 말했습니다.

문이 닫히는 느낌은 누구에게나 찾아오지만

그것은 끝이 아니라 시작일 수도 있다고 썼습니다.
기억과 감각이 또 다른 문을 열어주고, 닫힌 문 앞에서 느낀
한숨과 눈물이 삶의 또 다른 재산이 되어줄 거라고 조언했죠.

우리 앞에서 쌀쌀맞게 문을 닫고 떠난 지하철은
꼭 다시 옵니다. 언젠가는 1분 만에 매진되는 티켓을
기적적으로 클릭하는 날도 올 겁니다.
그러니 세상이 유독 나에게만 냉정하게 문을 닫는다고
생각하기보다는 음악을 들으면서, 책을 읽으면서 다음
지하철을 기다려보자고 그렇게 마음을 다독여보고 싶습니다.

아무거나 서랍

언제 찾아가도 잘 정돈된 집이 있습니다.

당연히 그 비결이 궁금했습니다.

정리의 정석, 버림의 정석. 그런 비결을 기대했는데

그 가족이 들려준 비결은 '아무거나 서랍'이었습니다.

'아무거나 서랍'은 관리하기 애매한 것들을 넣어두는 서랍의

이름이었는데 그 서랍 하나의 힘이 대단하다고 하더군요.

저녁에 '아무거나 서랍'이 생각날 때가 많습니다.

정리되지 않은 마음, 해결되지 않은 일, 제대로 다루기 어려운

감정을 '아무거나 서랍'에 넣어두고 싶습니다.

바로 그 순간이 지나면 굉장한 줄 알았던 감정이 별것 아닌

것이 되기도 하니까요.

피고 지는 감정에도, 흔들리는 마음에게도 시간을 좀 주기

위해서 '아무거나 마음 서랍'도 하나 만들어야겠습니다.

떨리는 건 당연해

영화 〈아웃 오브 아프리카〉에는 카렌이 숲에서 길을 잃고
사자와 마주치는 장면이 나옵니다. 그 순간 데니스가 나타나
카렌을 구한 뒤에 나침반을 줍니다.
선물이라고 해야 할지 혹은 대책 없는 카렌을 향한 질책이라고
해야 할지 혹은 그들의 미래를 상징하는 기념물이라고 해야
할지 모르겠지만 그 장면에 등장한 나침반은 굉장히 중요한
의미를 담고 있었습니다.

나침반은 인류의 역사를 바꾼 중요한 발명품으로 꼽힙니다.
하지만 모험과 대항해의 시대도 아닌 지금은 조금 위상이
달라졌습니다. 학창 시절 수업 시간에 보았던 기억이 있을 뿐,
평상시에 일상생활에서 나침반을 사용할 일은 별로
없으니까요. 요즘엔 휴대폰 안에도 나침반이 있고, 몇몇
차종에는 룸미러에 방향을 표시하는 약자가 표기되기도
합니다. 그러니 실물로 나침반을 볼 일은 거의 없습니다.

나침반으로 방향을 찾으려고 하면 나침반의 바늘 끝이 한참
떨리는 걸 볼 수 있습니다. 흔들리고 떨리는 이유는 민감하게
설계되어 있는 바늘 끝이 지구의 자기장에 반응하기 때문이죠.
지구는 거대한 자석처럼 남극과 북극이 있기 때문에
나침반은 여러 방향으로 흔들리다가 자기장에 의해서
안정된 방향으로 정렬합니다.
그래도 바늘 끝은 계속 떨리고 있죠.
끝없이 방향을 찾기 위해 노력하기 때문입니다.
그러니 우리가 가진 나침반의 바늘이 떨리지 않는다면
고장 난 거라고 할 수 있습니다.

나이와 상관없이 자기의 길을 찾아가느라 애쓰는 우리들 또한
자주 흔들리고, 방황하고, 힘겨운 것이 당연하다고
나침반이 말해주는 것 같습니다.
내 마음의 바늘 끝은 여전히 떨리고 있는지,
여전히 섬세하게 나의 방향을 찾고 있는지.
가끔 내 마음의 좌표가 궁금해집니다.

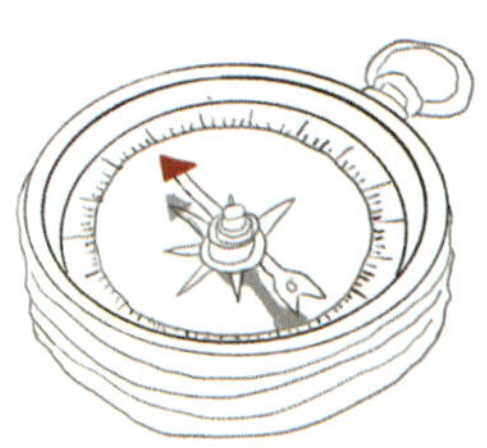

명랑한 집, 나른한 배추

한 작가가 건축가에게 집을 의뢰하면서 '북향이지만 명랑하게
지어달라'고 주문했습니다. 명랑한 집은 어떤 집일까요?
한 요리 전문가는 배추로 만드는 요리를 선보이면서 '배추가
나른해질 때까지 볶아주세요'하고 주문합니다. 나른해진
배추의 모습, 알고 계신가요?
아파트 엘리베이터 앞에 잃어버린 강아지를 찾는다는 전단이
붙었는데, '눈매가 억울하게 생겼다'는 표현이 있었습니다.
강아지를 잃어버린 주인은 울고 싶은 마음일텐데
전단지에 붙은 '억울하게 생긴 눈매'를 가진 강아지 사진을
보다가 순간 웃음이 났습니다.

더 다채로운 표현을 쓸 수 있다면 세상 풍경도 구체적으로
보이고 기억하기도 좋을 겁니다.
명랑한 집, 나른하게 볶은 배추, 눈매가 억울하게 생긴 강아지.
구체적이고 즐거운 표현력에 더 관심을 가져야겠습니다.

절박한 월요일

골프 대회는 보통 목요일부터 일요일까지 나흘 동안 열립니다.
그런데 월요일 새벽부터 대회장은 붐빈다고 하죠.
왜냐하면 월요 예선이 있기 때문입니다.
월요 예선은, 출전권이 없는 선수들이 대회에 불참하는
선수들의 빈 자리에 들어가기 위해 치르는 대회를 말합니다.
월요 예선에 나서는 선수들의 눈빛은 정식 대회를 치르는
선수들의 눈빛과도 많이 다르다고 하더군요.
절박함으로 치자면 월요일에 경기를 치르는 그 선수만큼
절박한 선수들이 없을 테니까요.

한 장, 많으면 석 장 정도의 티켓을 놓고 치열하게 경기하는
선수들의 간절함을 생각하면 문득 '월요일'이 새롭게
느껴집니다. 모두의 월요일엔 그런 간절함이 있을 거라는
생각도 듭니다. 가끔은 월요 예선을 통과한 선수 중에서
우승자가 나올 때도 있습니다. 대부분 세계 랭킹 500위 바깥의

선수들인데, 그 선수 중에서 최고의 선수들을 제치고 우승자가
나올 수도 있다는 것. 그래, 인생은 그런 거지, 싶습니다.
세상엔 패자부활전도 있고, '한 번 더' 찬스가 있고,
'라스트 찬스'도 있습니다.
큰 꿈을 반으로 쪼개고, 반을 반으로 또 쪼개고,
얇게 한 번 더 쪼개면서 희망을 키울 기회를 주곤 하죠.
다 사라졌다고 생각한 기회가 어딘가에서 흐린 별처럼 빛날
때도 있습니다.
그러니까 중요한 건 너무 일찍 지치지 않는 것, 나를 믿고
기다려보는 것, 한 걸음 더 걸어가 보는 것, 커다란 것만
바라보느라 작고 소중한 기회를 그냥 지나치지 않는 것.
흐린 별처럼 빛나고 있어도 별은 별이니까요.

유독 힘겨운 월요일이었다면 '월요 예선'을 기억해 보시면
좋겠습니다.
우리에겐 완벽하게 좋은 기회가 필요한 것이 아니라
작은 기회를 좋은 기회로 만드는 능력이 필요하다는 것도
새삼 깨닫습니다.

페이지 터너와 수녀님

피아니스트가 독주회를 할 때, 때론 피아니스트와 함께 무대에
등장하는 사람이 있습니다.
화려한 스포트라이트를 받는 피아니스트 곁에 그림자처럼
앉아 있는 그 사람은 어느 순간이 되면 자리에서 조용히 일어나
악보를 넘겨줍니다.
피아니스트의 연주가 끊어지지 않도록 조용히,
그러나 민첩하게 악보를 넘기죠.
그 사람을 '페이지 터너'라고 부릅니다.

페이지 터너가 지켜야 할 몇 가지 규칙이 있습니다.
화려한 옷을 입어서는 안 되고, 연주자를 건드려서도 안 되고,
가장 적절한 타이밍을 놓치지 않고 악보를 넘겨주어야 하며,
악보를 넘길 때 소리를 내어서도 안 됩니다.
악보가 넘어지거나 떨어지는 등, 혹시 모를 돌발상황에
대비해서 당황하지 않고 침착한 태도를 유지하는 것도

절대적 조건입니다.

페이지 터너의 역할이 별거 있나, 생각할 수도 있지만
몇몇 예민한 피아니스트 중에는 자신이 믿는 페이지 터너가
없으면 연주를 하지 못하는 피아니스트도 있습니다.
페이지 터너가 실수하면 연주 자체를 망칠 수도 있기 때문인데,
영화 〈페이지 터너〉에 그런 이야기가 담겨 있습니다.
페이지 터너가 피아니스트의 연주를 좌우할 수도 있다는 걸
독특한 방식으로 보여주는 스릴러물이었는데,
작지만 중요한 페이지 터너의 역할을 역설적으로 잘
보여주었죠.

우리가 무대에 오르는 피아니스트는 아니지만, 우리 삶에도
페이지 터너 같은 존재가 있었다는 생각이 듭니다.
드러나지 않지만 아주 중요한 역할을 해주었던 사람,
주목받지 못하지만 어떤 일의 성패를 좌우할 수도 있는 역할을
묵묵히 감당해준 존재가 분명히 있었죠.
보이지 않는 곳에서 우리를 위해 애써주었으나 정작 우리가
잘 챙기지 못했던 사람, 자주 잊고 지낸 사람이 있을 겁니다.
개인의 삶뿐만이 아니라 일터에도, 우리가 속한 모임이나
단체에도 '페이지 터너' 같은 존재가 있죠.

성직자의 역할이 '페이지 터너'의 역할과 닮았다고 하시던
이해인 수녀님의 말씀도 생각납니다.
생각해 보니 수녀님이 정말 그런 분인 것 같습니다.

드러나지 않는 자리를 묵묵히 감당하며 세상을 지탱하시는
분들, 페이지 터너처럼 시간의 악보를 하나하나 넘겨주는
분들께 잊고 있던 감사를 전하고 싶습니다.
아주 잠깐이라도 우리가 누군가의 페이지 터너였던 때가
있었을까요?
그런 때도 있었으면 좋겠습니다.

선생님은 왜 최고의 그릇을
준비했을까

원주의 어느 고등학교 미술 선생님이 입시를 준비하는
학생들을 늦은 시간까지 지도하고 있었습니다.
아무리 그림 그리는 걸 좋아한다고 해도 입시 미술이란
또 다른 영역이어서, 늦은 시간까지 그림을 그리는 학생들이
정말 안쓰러웠다고 합니다.
어느 날 선생님은 냄비와 만만한 그릇들을 챙겨와 학생들에게
라면을 끓여주었다고 합니다. 지친 얼굴로 라면을 먹는
학생들을 보는데, 이번에는 허접한 그릇이 마음에 걸리더라고
합니다.

선생님은 다음 날 자신의 집에서 가장 반듯하고 멋진 냄비를
챙기고, 단정한 수저와 아껴두었던 도자기 면기를 챙겨서
학교에 가져갔다고 합니다.
비록 메뉴까지 더 근사한 것으로 바꾸진 못했지만,
약간 서러운 작업을 할 땐 라면만큼 제격인 음식이 없다고

위안을 하면서 학생들이 작업하는 모퉁이에서 라면을 끓이고,
도자기 면기를 따뜻하게 데워 라면을 담았다고 합니다.
학생들은 도자기 그릇에 담긴 라면을 보고 놀라는
표정이었다고 하죠.
그날 학생들은 다른 날보다는 조금 밝은 표정으로 라면을
먹었고, 다른 날보다 좀 더 힘내서 그림을 그리는 것 같았다고
합니다. 그릇에도 힘이 있구나, 선생님은 실감했다지요.

입시가 끝난 뒤 학생들이 선생님을 찾아와 말했다고 합니다.
선생님이 끓여주신 라면도 맛있었지만, 그 도자기 그릇이
자신들이 얼마나 존중받는 존재인지를 알려줬다고.
밤의 라면 한 그릇에 진심이었던 선생님은 얼마나
뿌듯하셨을까요.
누구라도 그렇겠지만, 학생들은 존중받는 것에
무척 민감한 영혼이라는 것도 새삼 깨닫습니다.

'그릇의 힘'이 있듯 세상엔 누군가를 응원하고 존중하는
수많은 힘이 있을 겁니다.
그릇의 힘, 달빛의 힘, 커튼의 힘,
응원하는 목소리의 힘도 존재하겠죠.

그중 어떤 것을 사용하든 좋은 소식을 기다리는 사람들에게,
인내하며 기다리는 사람들에게 다정한 마음이 가닿으면
좋겠습니다.

도자기 그릇에 담긴 라면 한 그릇 같은 존중과 공감과 응원이
세상 곳곳에 도착하면 좋겠습니다.

옆방의 문을 여는 일

새해의 전화나 메시지에는 새해다운 느낌이 들어 있습니다.
축복을 빌어주는 인사도 있고, 해마다 비슷비슷하긴 해도
새롭게 리셋하는 마음도 있고, 닮고 싶은 각오도 있고,
놀라운 소식들도 있습니다. 그중엔 직장을 그만두고
새로운 일을 시작한다는 지인의 소식도 있었고,
4년 전부터 리코더를 배운 친구가 발표회를 한다는
소식도 있었습니다.

리코더 발표회는 마음껏 축하할 수 있었습니다.
하지만 모두가 부러워하는 직장에 다니던 지인의 사표는
좀 걱정이 되었습니다.
아무리 블루오션인 일을 새로 시작하는 거라지만
마음 쓰이는 건 어쩔 수 없었죠.
그의 선택을 존중하지만, 한 번 더 생각해보는 건 어떠냐고
말리는 것이 진짜 우정이 아닐까 싶었습니다.

그런데 변화를 마주한 그 사람의 태도가 좀 놀라웠습니다.
그는, 자신 앞에 놓인 변화가 이민이나 이사처럼 거창한 것이
아니라 아직 열어보지 않은 옆방의 문을 여는 것 같은 거라고
표현했습니다.
인생은 여러 개의 방을 가진 커다란 집을 우리에게 주었는데
우리는 평생 한두 개의 방만 간신히 열어보고
그것이 인생의 전부라고 생각하는 건지도 모른다고 했죠.

아직 열어보지 않은 옆방의 문을 여는 일 같은 선택, 그런 변화.
그렇게 생각하니 한결 걱정이 누그러드는 것 같긴 했습니다.
너무 비장하지 않은 시선이 마음에 들었고, 변화에 대한 각오도
적당해서 좋다는 생각이 들더군요.

우리도 변화를 겪을 테고, 아는 사람들의 새로운 모습과
마주하는 순간도 있을 겁니다.
그때 우리의 태도가 너무 비장하지는 않기를,
그저 옆방의 문을 여는 것처럼
덜 무겁고 자연스럽기를 바랍니다.

의젓한 보온병

우리 영화 〈덕혜옹주〉에는 인상적인 소품이 하나 등장합니다.
덕혜옹주가 어딜 가나 가지고 다니던 보온병이죠.
그 보온병은 덕혜옹주가 일본에 강제로 끌려갈 때
어머니 양귀인이 건네준 것이었습니다.
'언제 독살될지 모른다'는 두려움 속에 살았던 덕혜옹주는
언제나 보온병에 안전한 물을 담아 다녔죠.
자신을 지키기 위해 선택한 것이 고작 보온병이었다는 것이
서글픔을 느끼게 합니다.

보온병은 이제 일상에서 흔히 보는 소품이 되었지만,
초창기 보온병은 인류의 역사를 바꾸었다고 할 정도로
중요한 발명품이었습니다.
19세기 말에서 20세기 초는 인류가 극지 탐험에 몰두하던
시대였는데, 그 탐험의 역사에도 보온병은 큰 기여를 했습니다.
영하 수십 도의 추위에서 연료를 사용하지 않고도 따뜻한

음식이나 차를 마실 수 있다는 건 목숨과 연관된 일이었죠.

에베레스트를 오르는 등반가들의 짐을 획기적으로 덜어주고,

추위와 피로를 녹여준 것도 보온병이었습니다.

보온병의 임무는, 뜨거운 커피든 차가운 음료든

외부의 급격한 변화와 상관없이 처음 그대로를 유지하는 거죠.

그건 보온병 안쪽과 바깥쪽 사이에 아무것도 없는 진공 상태의

얇은 벽이 있기 때문에 가능한 일입니다.

얼마나 오래 처음 그대로를 유지할 수 있는가,

외부의 여건과 상관없이 얼마나 의젓하게 버틸 수 있는가,

보온병의 사명은 거기에 있죠.

보온병의 기능이 외부의 여건을 차단하는 거라는 사실,

그리고 그 기능은 아무것도 없는 진공 상태라야 가능하다는 것.

보온병의 원리가 어쩐지 마음을 지키는 방법 같기도 합니다.

어쩔 수 없이 크고 작은 문제들과 부딪히며 마음을 다치는

하루. 냉기와 열기 사이를 오가는 일과 흔들리는 마음으로부터

우리를 지키려면 보온병의 진공 벽 같은 장치가 있어야 할 것

같기도 합니다.

우리가 유지하고 싶은 마음의 온도를 빼앗기지 않도록,

평온하고 고요한 마음이 흔들리지 않도록,

어떤 외부의 충격이 있어도 내가 나를 지킬 수 있도록

우리를 지켜주는 것들이 있습니다.

저녁에 듣는 음악이, 사소한 감사가,

도란도란 나누는 이야기가,

서로를 기억하고 아끼고 있다는 몇 개의 신호들이

보온병의 진공 벽처럼 우리의 마음 온도를 지켜줄 겁니다.

봄날, 자전거

자전거를 타고 봄날을 가로질러 가는 사람들을 봅니다.
학생도 있고, 시장을 보러 가는 분도 있고,
운동을 위해 자전거를 탄 것 같은 분도 있었습니다.
문득 자전거를 타고 길을 가는 저 모습이
가장 완벽하고 행복한 모습이 아닐까 싶었습니다.
자전거를 탈 만큼 건강하고, 자전거 위에서 균형을 잡을 수
있을 만큼 삶도 균형이 잡혀 있을 것 같고,
무엇보다 자전거를 탄 뒷모습이 참 아름다웠습니다.

하긴 봄날에 아름답지 않은 사람이 있을까요.
겨울을 잘 견디신 어르신들 모습도 아름답고,
학교생활을 시작한 지 며칠 안 되는 초등학교 1학년도
아름답고, 가벼워진 옷차림만큼 가볍게 걷는 뒷모습도 다
아름다운 봄날입니다.

선인장을 키우고 싶다면

선인장 화분을 하나 선물 받았습니다. 우람하게 큰 선인장이
아니라 가느다란 팔로 만세를 부르는 것 같은 선인장입니다.
가느다랗지만 생명력은 제법 강해서, 가지를 떼어 화분에 슬쩍
올려두면 저 혼자 뿌리를 내리고 새로 팔을 만들어가며 잘
자란다고 하더군요. 제게 준 화분도 원래 있던 엄마 선인장에서
떨어져 나온 아기 선인장이라고 합니다.
선인장이 이렇게 예쁜 식물이었나, 새삼스럽게 알았습니다.

선인장 화분을 선물한 사람이 당부한 것이 있었습니다.
선인장을 키울 때 참아야 할 게 두 가지 있는데, 하나는 물을
주고 싶은 마음을 참는 것이고 다른 하나는 큰 화분으로
옮겨주고 싶은 마음을 참는 거라고 했습니다.
겉면에 주름이 생길 때까지 물을 주고 싶은 마음을 참으라는
말에 웃음이 나기도 했지만, 화분을 매일 바라보니 물을 주지
않으려고 애써야 한다는 것이 무슨 말인지 알 것 같았습니다.

아침에 일어나 물을 마실 때마다 선인장도 목마른 건 아닐까 괜히 선인장 쪽을 쳐다보게 되고, 그새 토끼 귀 같은 새 팔을 내민 선인장을 좀 더 넓은 화분에 옮겨줘야 하는 건 아닐까, 고민이 되기도 했습니다.

누군가를 위해 무얼 해주는 것이 힘든 일이라고 생각했는데 아무것도 하지 않겠다고 결심하는 건 더 어려운 일이라는 걸 알았습니다. 아무것도 하지 않는 것이 반드시 무관심에서 나오는 것이 아니라 기다려주고 믿어주는 일의 일부일 수도 있다는 것 역시 작은 선인장 화분을 통해 배웠습니다.

어쩌면 자녀를 키우는 일도, 사랑하는 사람을 생각하는 일도 그렇겠지요. 무엇이든 해주고 싶고, 더 좋은 것을 주고 싶어서 애쓰곤 하지만 사실은 아무것도 하지 않는 것이 더 좋은 순간이 있었습니다. 때론 그 사람을 위해 무얼 하는 것보다 무얼 하지 않기로 결심하는 것이 사랑의 방식입니다.

선인장에겐 선인장을 위한 물주기 방식이 따로 있는 것처럼, 누군가에게 무엇을 주려면 그 사람이 원하는 것을 그 사람이 원할 때 그 사람이 원하는 방식으로 주어야 한다는 것도 다시 기억해봅니다.

봄은 취소되지 않는다

우리 시대 최고의 화가 데이비드 호크니는 젊은 예술가들보다
더 과감한 작업을 시도하곤 합니다.
2018년에는 웨스트민스터 사원의 스테인드글라스 작업을
했는데 스테인드글라스에 새겨질 그림을 디지털 드로잉으로
했다죠. 팬데믹으로 모두가 힘들었던 때 데이비드 호크니는
'노란 수선화'를 그려서 세상에 선물로 내어놓았는데,
그림에 그는 〈봄은 취소되지 않는다〉는 제목을 붙였습니다.

우리가 지키고 싶은 것의 목록을 만들고 그 뒤에
'취소되지 않는다'를 붙이면 문득 힘이 납니다.
봄은 취소되지 않는다.
희망은 취소되지 않는다. 저녁은 취소되지 않는다.
사소하면서도 소중한 일상의 기쁨은 취소되지 않는다.
데이비드 호크니는 화가로서도 훌륭하지만 작가로서도
위대하다는 생각이 듭니다.

손수건 있니?

손수건을 챙길 때마다 생각나는 사람이 있습니다.
2009년 노벨문학상 수상 작가 헤르타 뮐러죠. 루마니아
출신의 헤르타 뮐러는 노벨문학상 수상 기념 연설을 이렇게
시작했습니다.
"손수건은 있니? 그건 매일 아침 엄마가 내게 한 질문이었다.
난 한 번도 손수건을 챙기지 않았다. 늘 엄마의 질문이
기다려졌기 때문이다. 그렇게 매일 아침 한번은 손수건 없이,
다음은 손수건을 챙겨 문을 지났다. 그제야 길을 나섰다.
손수건을 지닌 것이 마치 엄마도 거기 있다는 걸 의미하는
것처럼."

수상 연설에는 헤르타 뮐러가 경험한 루마니아의 비극이
담겼고, 그녀의 문학적 뿌리가 손수건을 통해 전달되었습니다.
헤르타 뮐러의 소설 『숨그네』의 주인공 레오가 석탄을 팔아
음식을 얻으러 러시아 숲속을 헤맬 때, 역시 아들을 수용소에

보내야 했던 한 여인이 건넨 따뜻한 수프와 하얗고 정갈한 손수건 하나. 인간의 존엄성을 상징하는 그 손수건이 레오를 끝까지 살아내게 한 힘이었다는 걸 기억합니다.

작가 헤르타 뮐러는 망명하기 전까지 수시로 루마니아의 정보기관에 불려 다녔는데, 어느날은 그녀의 어머니까지 불려갑니다.

헤르타 뮐러의 어머니는, 자신을 취조하려는 이들이 잠시 자리를 비웠을 때 그들의 더러운 책상을 손수건으로 닦아주었다고 합니다.

망가진 인간들의 영혼을 닦아주듯 묵묵히 더러운 책상을 닦는 어머니의 손수건을 생각하면 늘 울컥해집니다.

헤르타 뮐러에게는 일터에서 쫓겨나 계단에서 보내야 했던 시간도 있었는데, 그때 그녀는 계단에 손수건을 펴고 앉아 자신의 전 재산인 단어 상자를 들여다보며 견뎠다고 합니다.

계단에 펼쳐진 손수건만큼의 세상. 손수건 한 장의 영토였을 뿐이지만 그것은 절망의 영토가 아니라 인간의 존엄을 지킨 영토였고, 짓밟을 수 없는 희망의 증거와도 같은 것이었습니다.

우리도 가끔 물어봐야 할 것 같습니다.

우리를 지키는 희망, 우리를 지킬 수 있는 새하얀 품격,

사랑하는 사람들을 위해 펼쳐줄 수 있는 배려,

울고 있는 사람의 눈물을 닦아줄 수 있는

그런 손수건을 지니고 있는지.

손수건 한 장의 희망만 있어도 다시 일어설 수 있다는 것을,

헤르타 뮐러를 통해 확인합니다.

퍼펙트 데이즈

완벽하다는 건 뭘까. 완벽한 날이 있긴 할까?
정답은 아닐지도 모르지만, 영화 〈퍼펙트 데이즈〉가
좋은 답이 되어줄 것 같습니다.

히라야마의 아침은 풍성하지도 않고 따뜻하지도 않습니다.
낡은 밴의 시동을 걸고, 엔진이 따뜻해지길 기다리는 동안
자판기에서 캔커피를 하나 뽑는 게 전부.
일터로 가며 〈The House of The Rising Sun〉을 듣거나
〈Pale Blue Eyes〉를 듣는 그는 부족한 게 없어 보입니다.
말 한마디 하지 않아도 하루가 충만하고, 화장실을 청소하다가
공원에 앉아 점심을 먹는 인생인데도 그는 늘 웃고 있습니다.
히라야마의 마음은 늘 거기, 그의 삶 바로 곁에 있죠.
낡은 밴을 몰고 고가도로 위를 달려 다음 화장실을 청소하러
가는 그의 삶은 다른 이들의 안정되고 풍족한 삶보다 훨씬
견고합니다. 히라야마의 마음은 늘 거기, 그의 곁에 딱 붙어

있으니까요.

그의 차에 가득한, 옛날 히트곡이 담긴 카세트테이프를 봤나요?
이젠 퇴물이 되어버린 카세트테이프가, 놀랍도록 힙하게
보입니다. 고서점에서 산 책들도, 고색창연한 카세트테이프도,
이젠 친구처럼 대화를 나눌 수 있을 것 같은 낡은 자판기도
히라야마 곁에선 단단하게 자리 잡고 있고, 저마다 반짝이죠.
모든 건 태도가 결정하는 거구나, 히라야마의 미소가
알려줍니다.

집의 살림살이라야 고서점에서 데려온 책들과
카세트테이프에서 흘러나오는 음악, 분명 한 채뿐일 이불,
그리고 하얀 스탠드가 전부.
그런데 그가 스탠드 불빛 아래 누워 윌리엄 포크너의 소설을
펼치면, 세상에 저렇게 단단하고 황홀한 밤이 있나 싶습니다.
〈Just a Perfect Day〉라는 노래는 그를 위해 만들어진 것 같고요.

우리, 마음이 복잡하거나 나를 둘러싼 시간들이 마음에 들지
않을 땐 히라야마가 알려준 청소법을 시도해 볼까요?
물에 젖은 신문지를 이곳저곳에 던져두고, 물기가 먼지를
끌어안으면 잠시 후에 싹싹 쓸어내는 거예요.

맨날 똑같은 나무와 거기 깃드는 햇살을 필름 카메라로 찍고,
현상한 사진 중에 꼭 마음에 드는 것만 남기는 거, 부럽지
않아요? 일하는 틈틈이 길에 떨어진 단풍나무 어린싹을 소중히
데려다 키우는 히라야마, 완벽하지 않나요?

완벽하다는 것에 대해 우리는 너무 엄격했다는 생각이 듭니다.
소설가 전경린이 알려준 것처럼, 강하거나 완벽한 건 이를
악물고 지켜내는 것이 아니라 무엇으로도 흔들리지 않는
자기중심을 말하는 걸 텐데 말이죠.

히라야마가 조카와 자전거를 타며 했던 말처럼
'다음은 다음이고 지금은 지금'.
히라야마처럼, 내 마음이 지금 내 곁에 딱 붙어 있는 삶을
살 수 있을까요? 쉽진 않겠지만, 그쪽으로 한 뼘쯤 가까이
다가갈 순 있을 거라고 믿습니다.

환승

암스테르담의 스키폴 공항이나 독일 프랑크푸르트 공항은
환승 공항으로 유명합니다. 그 공항을 몇 번 가봤어도 공항
밖으로 한 번도 나가본 적 없는 분들도 있겠죠. 환승하려고
대기했던 기억만 있는 곳, 그러니 그곳은 가본 곳도 아니고
그렇다고 가 보지 않은 것도 아닌 이상한 공항으로 남습니다.
예고편을 너무 잘 만들어서 어쩐지 본 것 같은 영화도 있고,
책 소개를 너무 상세하게 해놓는 바람에 읽기도 전에
다 읽은 것 같은 책도 있죠.

경험하지 않았으나 경험한 것 같은 일이 많아지는 시대입니다.
나쁠 건 없지만, 진짜로 경험하는 감동과는 조금씩 멀어지고
있는 건 아닌지. 창문 너머로 보는 것과 문을 열고 나가서 보는
건 좀 다른 일인데 말이죠.
문을 열고 나가서, 바람과 햇살을 마음껏 느껴 보는 하루였기를
바랍니다.

두 번째, 미나리

제철에 나는 과일과 채소를 먹는 건 건강의 기본입니다.
하지만 제철이 언제인지 혼동될 정도로 사계절 내내 우리가
먹고 싶은 것들이 슈퍼에 가득합니다.
겨울 끝자락, 봄동과 냉이와 달래, 연초록빛 열무 곁에는
미나리도 한 다발씩 누워 있습니다. 미나리는 근처를
지나기만 해도 향기가 느껴져서 금방 알아볼 수 있죠.

영화 〈미나리〉 생각이 났습니다.
우리의 윗세대들이 낯선 나라에 어떻게 정착했는지,
우리가 다 알지 못하는 이민의 과정과 남의 땅을 서성이는
이민자의 아픔은 어떤 모습이었는지.
작은 단면들을 영화 〈미나리〉를 통해서 보았죠.
할머니와 손자의 대화를 통해 배우게 된 것이 많았습니다.
그리고 이 영화를 만든 정이삭 감독이 영화 제목을 왜
〈미나리〉로 정했는지 깊이 공감했습니다.

미나리는 향이 좋고 생명력이 강한 식물이며
수경 재배가 가능하고 상큼한 식감이 매력이라는 건 알고
있었습니다. 하지만 미국 이민사를 다룬 영화의 제목은 왜
〈미나리〉인지 정말 궁금했습니다.
감독은 이렇게 말했습니다. "미나리는, 첫 농사를 망친 후에
찾아오는 다음 농작기에 매우 잘 자라는 식물이기 때문"이라고.
이민의 과정을 이렇게 잘 상징할 수 있을까 싶습니다.

식물도감과 곤충도감은 시적인 영감으로 가득하다고
많은 작가들이 이야기합니다. 정이삭 감독도 식물 이야기에서
자주 영감을 받았다고 합니다. 특히 감독의 할머니는 물가에
직접 미나리 씨앗을 뿌려서 미나리 밭을 만드셨고,
할머니가 키우는 미나리를 보면서 이 연약하고도 강인한
채소를 오래 마음에 품고 있었다고 합니다.
한 다발의 채소를 시적 영감으로 받아들이는 사람,
그런 사람이 시인이 되고 영화감독이 됩니다.

미나리를 수경재배하는 영상을 본 적이 있는데,
미나리 한 단을 사서 잎 부분을 요리에 쓰고 뿌리 쪽을 물 채운
유리병에 담아두면 거기서 또 푸릇한 미나리 잎이 돋아납니다.

미나리를 잘라서 요리하고, 기다리면 거기서 또 잎이 돋고.
이 장면을 봄날 내내 지켜본다면 그것 또한 한 편의 영화가
될 것 같습니다.

여리지만 강인하고, 흔하지만 향이 뛰어난
미나리 같은 봄을 보내고 싶습니다.

좋은 비율을 찾아서

아름다운 음악에 마음이 끌리는 건, 그 안에 자연의 질서와
매우 닮은 것이 들어 있기 때문이라고 합니다.
우리의 감정에 말을 걸어오는 그 수학적인 질서를
음악적 황금비율이라고 부를 수도 있겠죠. 우리가 바흐의 푸가,
베토벤의 교향곡, 쇼팽의 녹턴을 좋아하는 건 그 안에 숨은
음악적 황금비율에 공명했다는 뜻일 겁니다.
중세엔 수학 선생님이 음악을 가르쳤다는 것이
이제는 조금 이해가 됩니다.

그리스 신전, 잘생긴 얼굴, 맛있는 음식, 그리고 평화로운 삶.
이들의 공통점도 '좋은 비율'입니다. 나무에도, 사람들이
주고받는 명함에도, 액자에도, 바삭함과 쫀득함이 절묘하게
어우러진 피자 도우에도 좋은 비율이 숨어 있죠.
'황금비율'이라는 용어가 좀 거창하게 느껴지긴 하지만
우리가 자연스럽게 느끼는 것, 편안하게 느끼는 것은

모두 황금비율에 가까운 거라고 합니다.
완벽한 비율에 가까워지려는 노력이 우리도 모르는 사이에
세상을 가득 채우고 있었다는 걸 느낍니다.

좋았던 시절을 돌아보면 그 시절에도 역시 아름다운 비율이
있었다는 생각이 듭니다. 좋았던 시절이라고 해서 모든 것이
완벽했던 건 아니죠. 굳이 없어도 되는 건 넘치도록 있고, 갖고
싶은 건 여간해서 가질 수 없던 울퉁불퉁한 시절이었습니다.
하지만 그 과잉과 결핍을 채울 수 있는 감성과 이성이 있었고,
혼자 힘으로는 채울 수 없는 것을 건네주던 좋은 사람들이 곁에
있었습니다. 그래서 부족한 것 투성이었던 날들을
'좋았던 시절'로 기억하게 된다는 것도 뒤늦게 깨닫습니다.

일과 휴식, 기쁨과 슬픔, 사랑하고 사랑받는 것의 좋은 비율은
가능할까? 여전히 우리의 일상은 필요 없는데도 넘치도록 있는
것과 꼭 필요한데도 매우 부족한 것들로 이루어져 있지만,
이젠 좀 능숙하게 그 비율을 조절할 능력이 생기면 좋겠습니다.
좋은 삶은 모든 것을 완벽하게 갖춘 삶이 아니라 부족한
재료들을 이리저리 꿰어맞추며 나에게 맞는 좋은 비율을
찾아가는 여정일 테니까요.

존경, 종이비행기

아이들이 존경을 표현할 수 있는 최선의 방법은 뭘까.
프랑스 영화 〈코러스Les Choristes〉의 마지막 장면에는
그 질문에 관한 아름다운 답이 있습니다.

제2차 세계대전 직후에 클레망 마티유 선생님이 부임한 프랑스
시골의 기숙학교는 엄격한 규율과 체벌이 있는 곳이었습니다.
마티유 선생님은 이 학교의 말썽꾸러기들이 가진 상처와
재능을 조금씩 알아차렸고, 음악을 통해 아이들이 자존감을
갖도록 이끌어주려 했습니다. 이미 마음의 상처가 많은
아이들을 보살피는 일이 쉽지는 않았지만 진심은 언젠가는
통하는 법이죠.

선생님의 노력을 비웃던 아이들이 조금씩 달라지기
시작했습니다. 천사처럼 노래하는 아이들의 모습, 그 변화가
정말 아름다웠죠. 하지만 학교 측에선 아이들의 변화를

반가워하지 않았습니다. 교장은 자신의 권위를 위협받았다고
생각했고 마티유 선생님을 부당하게 해고해버렸습니다.
아이들과 작별 인사를 나눌 기회도 얻지 못하고
마티유 선생님은 학교를 떠나게 되었죠.

그가 학교를 떠날 때 어디선가 종이비행기가 하나
날아옵니다. 여기저기서 종이비행기가 계속 날아와
마티유 선생님 곁에 떨어졌습니다.
거기엔 선생님께 보내는 작별의 인사도 담겨 있었죠.
교실의 창문은 너무 높아서 아이들 얼굴은 잘 보이지
않았습니다. 하지만 아이들이 날리는 종이비행기는 계속
날아와 선생님 곁에 떨어졌고, 비행기를 날린 뒤에도 아이들은
계속계속 손을 흔들었습니다.

아이들이 보낼 수 있는 최고의 존경이 꽃처럼 피었고,
날아올랐고, 아름다운 궤적을 그리며 선생님께 도착했습니다.
교장 선생님이 작별 인사마저 막을까 봐 교실 문도 닫아걸고
필사적으로 존경하는 마음을 날리는 아이들.
존경이란 저런 것이지, 상처받은 아이들을 치유한 마티유
선생님은 저렇게 아름다운 존경을 받을 자격이 있지.

뭉클했던 마지막 장면이 여전히 마음에 남아 있습니다.
존경이란 내가 받고 싶다고 해서 받을 수 있는 것도 아니고
누군가가 방해한다고 해서 떼어낼 수 있는 마음도 아니죠.

무르익어 꽃처럼 피어날 때까지 긴 시간 동안의 진심이
필요하고, 철저하게 다른 사람으로부터 오는 것이며,
연약한 꽃처럼 피지만 한 번 피어나면 강철 같은
단단함을 갖게 되는 것.
존경이란 그런 것이리라 생각합니다.

잊지 못하는 사람

우리가 만났던 많은 사람들이 풍경처럼 우리 곁을
스쳐갔습니다. 하지만 몇몇 사람들은 우리 곁에 아주 오래 남아
있고, 만나지 못할 때도 늘 함께하는 느낌을 줍니다.
스쳐가는 존재는 누구고, 오래 기억되는 사람은 어떤 사람일까,
그 차이는 뭘까 궁금해집니다.

자기의 세계를 넓혀준 사람을 우리는 잊지 못한다고 합니다.
한 심리학자가 이렇게 말하는 걸 듣는 순간
'아, 정말 맞는 말이다' 생각했습니다.
우리의 세계를 넓혀주셨던 선생님을 잊지 못하고,
열렬히 사랑했던 사람만큼이나 세상을 보는 새로운 눈을
갖게 해준 사람을 잊지 못하는구나, 공감했습니다.
어쩌면 우리도 한 번쯤 누군가에게 그런 사람이었을까요?
그랬기를 바랍니다.

외아들처럼

신입사원이 씩씩한 목소리로 자기소개를 한다.
'저는 네 형제 중에 셋째로 자랐는데
어머니는 저희 형제 모두를 외아들처럼 사랑해주셨습니다'
한 번도 누굴 부러워해 본 적 없는 그는
저 밝은 표정의 신입사원이 한없이 부러워
박수로 환영하는 것도 잊고 있었다.
돌아보니 몇몇 동료들도 그와 비슷한 표정을 짓고 있었다.
외아들이 되고 싶어서…
외동딸이 되고 싶어서…

모두 가난한 건 견딜 수 있어도 불공평하게 가난한 건 견디기
어렵고, 모두 부유해도 불공평하게 부유한 것 역시 견디기
어렵습니다.
완벽하게 공평한 것은 드물겠지만,
누구도 마음 아프지 않게 하겠다는 진심이 느껴진다면
설령 공평하지 않다 해도 마음을 크게 다치지는 않을 겁니다.

아들 넷을 아낌없이 사랑하신 어머니도 아름답고
'우리 모두를 외아들처럼 키우셨다'는 탁월한 감사를 바치는
아들도 더없이 훌륭합니다.
외아들처럼, 외동딸처럼 자라고 싶었던,
그러나 그러지 못했던 상처 많은 마음에 붙여지는
작은 반창고를 얻은 것 같습니다.

둘.

햇살은
거기
놓아두세요

MACELLERIA
CARNI SCELTE
1ª QUALITÀ D
PROVENIENZA LOCA
PORCHETT
SALUMI TIPI
LOCALI D
PRODUZIONE PROP

두 번째를 사랑한 당신

두 번째라는 말을 사랑하게 됐지.
당신이 늘 그렇게 말했으니까.
두 번째 화살은 맞지 말아야 한다고.
그리고 당신은 세상에서 두 번째로 맛있는 커피를
끓여주겠다는 약속도 했었지.

첫 번째는 늘 세상 어딘가에 양보하고
언제나 두 번째를 사랑한 당신.

1등만 기억하는 세상이라고 말하곤 하지만

우리와 가장 오랫동안 친밀했던 건

항상 두 번째에 자리 잡고 있었습니다.

처음엔 누구나 실수할 수 있고, 처음에는 누구나 서투르고,

첫 번째 화살은 누구나 맞을 수 있습니다.

하지만 두 번째 화살은 경험으로 피할 수 있고,

두 번째로 맛있는 커피는 애틋한 마음으로

끓여낼 수 있을 겁니다.

가장 좋다고 주장하지 않고

두 번째로 맛있고, 두 번째로 좋은 것이라고 말하는

그 따뜻함에 물들고 싶습니다.

Frederiksberg Runddel

얼룩을 사랑하는 일

수채화를 배우러 간 첫 시간에 선생님은 이렇게
말씀하셨습니다.
'홍수가 났다는 생각이 들 정도로 물을 많이 쓰세요.
수채화는 얼룩을 사랑하는 일입니다.
물감이 서로 스며들어 얼룩을 만드는 걸 지켜볼 수 있는
인내심과 느린 마음이 있어야 합니다.'
무엇이든 그 일의 핵심을 배우는 일은 다 시詩를 짓는 일 같고,
철학을 배우는 과정과 닮았습니다. 수채화가 얼룩을
사랑하는 일인 것처럼 하루를 보내는 일도 얼룩을 사랑하는
과정 같습니다. 몇 번의 웃음과 짧은 침묵과 한숨이 번져서
얼룩을 만드는 일, 나의 얼룩이 다른 사람의 얼룩을 만나
또 다른 무늬를 만드는 일. 지금은 또 밝음에 스며든 어둠
몇 방울이 저녁이라는 얼룩을 만들어가고 있네요.

오늘 하루도 수고 많으셨습니다.

덧칠하고 싶은 마음

아이들이 크레파스로 마구 덧칠한 그림을 보면
그 마음을 알 것 같아 미소가 지어집니다.
저렇게 덧칠하면서 어떻게든 표현해보고 싶은 것이 있었던
기억이 누구에게나 있겠죠.
덧칠을 해본 적 있는 사람은 덧칠하지 않은 그림이
얼마나 아름다운지를 알고 있습니다.
덧칠할수록 그림이 더 나빠진다는 것도 알고 있죠.
진심이 전해지지 않을까 봐
초조하게 덧붙인 말이 많았던 날,
사실은 진심을 담은 간결한 말만으로
충분했다는 것도 깨닫습니다.

덧칠하고 싶었던 순간도 다 내려놓고,
덧붙이고 싶었던 말들도 정류장마다 하나씩 버리면서
맑고 홀가분한 저녁을 맞이하고 싶습니다.

허락은 필요 없어

어린 시절은 '안 돼!'라는 말과의 투쟁이었습니다.
엄마의 허락을 받아야 할 수 있는 일이 너무 많았고,
어른들의 허락이 없으면 갈 수 없는 곳도 많았죠.
우리가 빨리 어른이 되고 싶었던 이유 중에는 허락을 받지
않아도 되는 삶을 만나고 싶은 열망도 있었을 겁니다.
특별한 상황을 제외하면 어른이란 허락이 필요하지 않은
존재입니다. 자기 책임 하에 자유롭게 모든 걸 할 수 있죠.
하지만 어른이 되었다고 해서 모든 것을 허락 없이 할 수 있는
것도 아닙니다. 어떤 취미를 가진 남편들은 아내의 허락이
있어야만 자신이 갖고 싶은 장비를 마련할 수 있죠.

시간이 더 흐르면 자녀의 허락이 필요한 일도 생기고, 사회의
허락이 필요한 일, 공동체의 허락이 필요한 일도 생깁니다.
무엇보다 중요한 사실은, 어른이 되면 내 마음이 허락해야만
할 수 있는 일과 자주 마주치게 된다는 겁니다.

누구도 말리지 않고 아무에게도 허락받을 필요가 없으나
내 의지와 양심의 허락이 필요한 순간이 옵니다.
그렇게 묵직한 선택의 순간이 찾아오면 문득 어디 물어볼 데가
있으면 좋겠다는 생각이 듭니다.

작가 조세프 응우옌의 『타인의 허락이 필요치 않은 삶』이라는
책이 있습니다. 책 속에는, "남에게 '예스'라고 말하는 것은
자신에게 '노'라고 말하는 것"이라는 대목이 있습니다.
자신을 지킬 수 있는 경계선, 안전 지대를 만들고,
언제나 자신에게 먼저 '예스'라고 대답하라는 조언을 건네죠.
스스로를 존중하고 돌보라는 의미라고 합니다.

'허락'이란 어른이 자신의 삶을 책임지는 최종의 단계이자
'선물'일지도 모르겠습니다.
내가 나에게 줄 수 있는 선물은 내 안의 소리에 귀 기울이는 것
큰 일이든 사소한 일이든 '하고 싶은 일을 하라'고, '실패해도
괜찮다'고 허락해주는 것. 아무때나 마음을 드나드는 감정을 잘
다독여서 내 마음 안에 고용히 머무르도록 허락해주는 것.
그런 선물.

당신을 사랑하는 버릇처럼

먼 곳의 날씨를 궁금해하는 사람들이 있습니다.
강은교 시인의 시에도 있는 것처럼 '지금 베를린은 비가 오고
있겠구나, 누군가 붉은 우산을 썼겠구나', 생각하는 사람들이
있죠. 언젠가 다녀왔던 어느 여행지에, 친구가 살고 있는
먼 나라에 가을 햇살이 화창하겠구나, 비가 지나면 단풍이
짙어지겠구나, 우리에게도 그런 생각을 하던 때가 있을 겁니다.

먼 곳의 날씨를 궁금해하는 마음을 강은교 시인은 '당신을
사랑하는 버릇처럼'이라고 써놓았습니다.
짧은 시에 따라오는 긴 여운을 음미하다 보니
지금 여기의 날씨보다 어느 먼 곳의 날씨가 더 궁금하고 그립던
한 시절이 불쑥 다가와 있습니다.

가을의 능력 중에는 '멀리 있는 걸 순식간에 가까이 데려오는
능력'도 있다는 걸 새삼 깨닫는 저녁입니다.

예쁘다

소년은, 소녀가 반지하 방으로 들어가기는 골목길을
'예쁘다'고 말합니다. 소녀는, 그 남루한 골목을 '예쁘다'고
표현하는 친구의 오빠에게 충격을 받았습니다.
소년은, 타인의 가난을 '예쁘다'는 말로 함부로 표현한 것을
사과합니다. 하지만 소녀는, 소년이 건넨 카메라 렌즈로
골목을 바라보며 자신의 가난에도 '예쁨'이 깃들어 있다는
걸 처음 발견하게 되었고, 그것을 알려준 친구의 오빠에게
감사했습니다.
〈은중과 상연〉이라는 드라마에는 그렇게 작고 애틋한 순간들이
많이 들어 있었습니다.

사람이 사람을 만나고, 그 사람에게 물들어 가는 건
그저 서로에게 반해 심장이 쿵쿵 뛰는 일만은 아닐 겁니다.
은중의 첫사랑이 남긴 건 남루한 것 속에서 찾아낸
아름다움이었죠.

현실의 것에 깃든 고귀함, 아름다움, 잡히지 않는 기쁨과 슬픔,
그렇게 서로에게 오고 가는 것을 채집하는 과정이었습니다.
그녀에게 참담했던 것이 예쁘다는 말로 변신할 수도 있고,
단지 예쁘다고 말했을 뿐인데 그것이 누군가에겐 몰이해거나
상처가 될 수도 있다는 걸 헤아리는 과정이기도 했습니다.
둘이 만난 만큼 세계가 넓어지고 첫사랑을 떠나온 후에도
세상이 더 넓어지는 경험, 그것을 오래 껴안고 있는 모습을
보았습니다.

우리는 자신의 세계를 넓혀준 사람을 잊지 못한다는 말을
다시 한번 기억해봅니다.
우리의 세계를 넓혀준 사람에는 첫사랑도 있고, 선생님도 있고,
우리가 미워했던 친구도 있으며, 한 번도 만나지 못했던 작가나
영화감독도 있을 겁니다.
그들이 어딘가에 마련해 둔 시간과 공간이 우리를 성장하게
하고, 눈으로 보고 귀로 듣는 작품들을 통해 우리의 세계를
넓혀준 것이 새삼 고마워집니다.

예전의 누군가가 남긴 아름다운 말들은 여전히 우리의 마음
안에서 작동 중입니다.

내 마음을 흔들었던 누군가의 이야기는 여전히 마음속 서랍에 들어 있습니다.

이따금 좋은 사람이 되고 싶은 때가 오면 서랍 속에서 숙성된 이야기들이 기다렸다는 듯 밖으로 나오겠지요.

가난으로 얼룩진 골목에서 소년과 소녀가 나누던 '예쁘다'는 말처럼, 처음엔 불협화음처럼 서로를 맴돌다가 서로의 세상을 넓혀주는 렌즈가 되고 마침내 그리운 무엇이 되어 영혼에 저장되었을 겁니다.

그 서랍을 한 번쯤 열어봐도 좋을 가을이 창밖에 한가득입니다.

거울과 자화상

화가들의 자화상이 본격적으로 등장한 건 르네상스
시대부터였다고 합니다. 이전까지의 화가가 능숙한
장인이었다면 이 시대의 화가들은 창조적인 지성인으로, 때론
사상가로도 인정받았다고 하죠.
르네상스 시대부터 정교하고 뛰어난 거울을 만들게 된 것도
연관이 있습니다. 화가들이 거울을 통해 스스로를 보다 정확히
관찰하게 된 것이 자화상을 많이 그리게 된 중요한 이유가
되었다고 하죠.

거울에 비친 내가 예전과 좀 달라졌다는 생각이 들 때가
있습니다. 세월이 흘러 달라진 것도 있겠지만,
모르는 사이에 우리를 스쳐간 기쁨과 슬픔, 웃음과 눈물이 만든
흔적일 겁니다. 자화상을 그리려는 화가처럼 나를 물끄러미
바라보는 시간도 한 번쯤 가져봐야겠습니다.
내가 나에게서 너무 멀리 떠나버리지 않도록.

카잔차키스의 실수

니코스 카잔차키스의 『그리스인 조르바』에는
나비가 빨리 고치에서 나오도록 돕는 이야기가 나옵니다.
나비가 되는 시간이 너무 오래 걸릴까 봐,
소설 속의 '나'는 열심히 입김을 불어 고치를 데워주죠.
나비는 원래의 속도보다 빨리 세상에 나올 수 있었지만
햇살 아래 날개를 말릴 시간을 충분히 갖지 못하는 바람에
결국 나비가 되지 못했습니다.
조급한 마음이 저지른 뼈아픈 결과를 소설 속의 '나'는
인생의 교훈으로 마음에 깊이 새기죠.

나비에게 날개를 말릴 충분한 시간과 햇살이 필요했던 것처럼
나무 역시 물들기 충분한 시간이 필요합니다.
때가 오기를 기다려 곱게 물들어가는 나뭇잎들을 바라봅니다.
늦가을에 피는 두 번째 꽃, 붉게 물든 단풍에는 봄날의 꽃이
갖지 못한 뭉클함이 피었습니다.

충분한 속도와 충분한 거리

비행기가 하늘로 날아오르기 위해서는 두 가지 필수적인
조건이 있습니다.
이륙에 필요한 속도 이상으로 질주해야 하며,
양력을 얻기에 충분한 거리를 달려야 합니다.
두 조건 중 어느 하나라도 부족하면 비행기는 하늘로
날아오를 수 없다고 하죠.

이렇게 오래 달렸는데도 왜 떠오르지 않지?
그렇다면 속도가 부족했을 수 있습니다.
이렇게 빠르게 달렸는데도 왜 떠오르지 않지?
그렇다면 달리기 시작한 지 얼마 되지 않아서 그럴 수도
있습니다.
우리가 가끔 힘들고 숨이 찬 것은 곧 날아오를 거라서 그런
거라고, 그 지점을 향해 활주로를 힘껏 달리고 있기 때문이라고
믿습니다.

비행기 모드를 켜면

가끔 전화기의 비행기 모드를 켭니다. 그러면 이곳의 모든 것을
잠시 내려놓고 훌쩍 비행기를 탄 여행자가 된 것 같습니다.
너무 피곤해서 메시지조차 보기 싫을 때,
그렇다고 전화기를 영영 던져둘 수도 없을 때
잠시나마 그렇게 자발적인 단절을 선택합니다.

나는 곧 이륙할 거야, 나는 하늘을 나는 중이야!
비행기 모드를 켜놓고 잠시 쉬고 있으면
세상은 문득 고요해지고, 나를 방해하거나 등 떠미는
것으로부터 문득 자유로워질 수 있습니다.

전화기 전원을 끄는 대신 잠시나마 '비행기 모드'를 켜두면
지치도록 논문을 읽다가 잠시 시집이 가득 꽂힌 서가로 산책을
다녀온 느낌도 듭니다. 진짜 비행기를 타고 여행을 떠나는 길
같기도 하고, 지상에서 자발적으로 격리되기를 선택한 고독한

사람이 된 것 같기도 합니다.
잠시 혼자의 시간을 누리다 다시 현실에 착륙하는 느낌이
생각보다 근사합니다.

자발적인 외로움은 나를 회복시키는 하나의 치료법일 수도
있습니다. 소란스럽고, 유난스럽고, 별것 아닌 일에 목청을
높이는 소음으로부터 나를 지키는 일이기도 하죠.
땅 위를 흘러가면서도 하늘을 나는 것 같고,
차를 운전하면서도 마치 비행기를 모는 것 같은
느낌이 드는 것도 은근 좋습니다.

원래의 용도와 달리 사용할 때 더 매력적인 것들이 있습니다.
어쩌면 '비행기 모드'는 비행기를 탔을 때보다
비행기를 탄 것 같은 느낌이 필요할 때 사용하라고
만들어진 건지도 모릅니다. 비행기를 타지 않고도
하늘 위에 있는 것 같은 느낌을 선물하는 장치.

잠시 일상을 끄고 구름 위의 산책을 할 수 있게 만들어주는
이 버튼을 잘 다뤄보고 싶습니다.

난 잘 도착했어

먼 나라로 일을 하러 떠난 친구가 있습니다.
짐을 싸고, 비행기를 타고, 새로운 보금자리를 찾아가느라
꽤 시간이 흘렀고, 친구들은 그가 잘 도착했는지 소식을
궁금해했습니다.
얼마 후 친구가 이런 답장을 보내왔습니다.

"길고 힘든 이동을 하느라 마음이 조금 쪼그라 들었지만
너무 걱정하지 않기로 했어. 김유림 작가의 『난 잘 도착했어』
라는 그림책 안에 '눈부신 돌파의 순간'이라는 말이 있어. 나도
이곳에서 '눈부신 돌파의 순간'을 만들어볼 거야."

'눈부신 돌파의 순간'이라는 말이 마음에 듭니다.
전에 없던 어려운 일들이 많아서 그런지 내 자리에
가만히 있는데도 멀고 험한 곳으로 오래 걸어온 것 같은
느낌이 들 때가 있습니다.

우리에게도 '눈부신 돌파의 순간'이 필요하다는 생각이 듭니다.

긴 기다림 끝에 피어나는 씩씩한 꽃들처럼

힘든 사람들이 서로의 손을 잡아주면서

눈부신 돌파의 순간을 만들어갈 수 있으면 좋겠습니다.

세 강도

놀랍게도 어린이가 보는 그림책에 무시무시한 강도가
등장합니다. 그것도 세 명이나.
프랑스 작가 토미 웅거러의 그림책『세 강도』에는 검은 망토와
검은 모자로 온몸을 가리고 돌아다니는 세 강도가 등장하죠.
그들은 약탈을 하고, 빼앗은 물건은 산 위의 동굴에
옮겨 둡니다.

어느 날 세 강도가 마차를 습격했는데, 마차 안에는 숙모
집으로 살러 가던 고아 소녀 '티파니'가 있었죠.
강도들이 나타나 티파니를 발견하는 장면을 토미 웅거러는
이렇게 표현했습니다.
'마차 안에는 티파니를 빼고는 보물이 한 점도 없었어. 그래서
강도들은 따뜻한 망토로 티파니를 감싸서 안고 데려갔어.'

티파니는 강도들의 동굴에서 눈을 떴습니다.

이곳저곳에서 약탈한 보석으로 가득한 동굴을 보고 티파니는
'이게 다 뭐에 쓰는 거예요?'하고 묻습니다.
강도들은 당황했습니다. 열심히 빼앗긴 했는데 어떻게 쓸진
한 번도 생각해 본 적이 없었기 때문입이죠.
강도들이 한 번도 생각해본 적 없는 지점을 건드린 티파니의
질문 하나가 강도들에게 어떤 변화를 가져오는지
이 그림책에 멋지게 담겨 있습니다.

토미 웅거러가 『세 강도』라는 그림책에서 툭 던진 질문처럼
질문 하나의 위력이 굉장하다는 걸 느낄 때가 있습니다.
화려하고 반짝이는 남의 것을 빼앗아 동굴에 쌓아두는 것에만
열중해있던 강도들.
이게 다 뭐에 쓰는 건가, 이걸로 무엇을 할 것인가,
그런 질문 앞에서 허둥거리던 강도들처럼
우리가 갖고 싶어한 것도 마찬가지는 아닐까
돌아보게 됩니다.

목표와 목적엔 분명 차이가 있는데, 목표는 있었으나 목적은
생각해 보지 않은 채 무작정 달렸던 건 아닐까 싶습니다.
티파니가 세 강도에게 물었던 것처럼 우리도 자신을 향해

한 번 물어보는 시간이 필요하겠죠.

내가 이루고 싶은 일,

내가 닿고 싶은 곳,

내가 가지고 싶은 것.

이것으로 무엇을 할 것인가,

이것을 통해 어떤 곳에 닿고 싶은가.

눈 내리는 날 저녁은 그런 질문을 던져보기에 적합한 시간이
아닐까 싶습니다.

지하철 타고 왔어요

작은 서점들을 둘러볼 때가 참 좋습니다.
세심하게 큐레이션한 작은 서점의 서가에는 아픈 마음에
주목하는 책이 많습니다. 그런 책들로 빼곡한 서가를 보고
있으니 문득 생각나는 이야기가 있습니다.

지방의 기숙사에서 생활하는 아들이 집에 왔는데,
아버지는 문득 최근에 아들이 웃는 걸 본 기억이 없다는 생각이
들었다고 합니다. 표정도 예전과 달리 어두운 때가 많은 것
같았다고 하죠.
아무리 부모라도 다 큰 아들의 마음을 불쑥불쑥 캐묻기
어려워서 친구들 안부도 묻거나 영화 이야기도 하면서
아들의 마음 주변을 두드려봤는데,
잘 지내는 중이라는 짧은 대답만 돌아왔다고 합니다.
언젠가는 추운 길을 오래 걸었는지 꽁꽁 언 모습으로 돌아온
날도 있었다고 합니다. 그냥 좀 걷고 싶어서 그랬다는데

아버지는 가슴이 철렁했다고 하죠.

1년쯤 시간이 흐른 뒤에 아들이 이렇게 말했다고 합니다.
"아버지. 오늘은 지하철 타고 왔어요."
두 번이나 자신이 지하철을 타고 왔노라고 강조한 아들은
비로소 공황장애로 고생한 이야기를 털어놓았다고 합니다.
여러 순간에, 여러 장소에서 호흡이 곤란해지고 숨이 멎을
것 같았는데, 학교 가는 버스나 지하철을 탔을 때가 가장
공포스러웠다고 아들은 말했다고 합니다.
날마다 버스를 제대로 탈 수 있을까, 지하철 타고 가는 시간을
견딜 수 있을까, 두려웠다고 합니다.
그래서 먼 길을 그냥 걸었던 적이 많았다고 합니다.

아들에게 힘이 되어주었던 건 먼저 그런 증상을 겪은
친구들이었다고 합니다. 두려워서 피하는 장소나 대상이
늘어나지 않도록 해야 한다고 조언해 주었고,
기꺼이 함께 버스를 타고 지하철에 동행해주었다고 합니다.
먼저 겪은 친구들이 큰 힘이 되었다는 것이 고마웠고,
이미 겪은 친구들이 그렇게 많다는 것도 마음이 아팠다고
합니다.

지하철 타고 왔어요.

당연하기도 하고 흔하기도 한 이 말에 한 사람이 사투를
펼친 흔적이 담길 수도 있다는 생각을 하면 버스도 지하철도
예사롭지 않게 보입니다.

어쩌면 지금 아무렇지도 않은 듯 버스를 타고 지하철을 탔으나
혼자 힘든 터널을 지나고 있는 사람이 있을지도 모른다는
생각을 하면 더욱 그렇습니다.

마음이 아프든 그렇지 않든, 길 위에 있는 모든 분들에게
말해주고 싶습니다.

많은 사람이 여러분의 손을 잡고 있다는 것,
여러분은 혼자가 아니라는 걸 꼭 전해드리고 싶습니다.

우주선에서 라떼 한 잔

우주선에서는 우주를 오가고 탐사하는 일만이 아니라
다양한 실험도 이루어집니다. 그중에는 뭐 저런 실험까지 할까
싶은 것도 있죠. 예를 들면 '무중력 상태에서 라떼 마시기' 같은
실험인데 실험자는 한 손에 커피가 든 파우치를, 다른 손에는
우유가 든 파우치를 들고 두 개를 적당히 눌렀습니다.
커피와 우유가 동그랗게 나오더니 서로 끌어당겨 베이지색
동그라미가 되었고, 우주비행사는 흐뭇하게 '우주의 카페
라떼'를 마시더군요.

불필요한 장치나 쓸모없는 일은 아무것도 없을 것 같은
우주선에도 이런 장면들이 있다는 게 흥미롭습니다.
삶이 완벽하게 쓸모 있는 일로만 이루어지는 건 아니라는 증거
같아서 예민해진 마음도 내려놓게 됩니다.
쓸데없는 일도 좀 하고, 라떼도 한 잔 마시고, 음악에 마음을
내어주면서 느슨한 시간을 자주 누려봐야겠습니다.

아빠를 행복하게 해드리기는
너무 쉬워!

'우리 아빠를 행복하게 해드리기는 너무 쉬워.'

카페의 뒷자리에서 이런 대화가 들려왔습니다.

20대로 보이는 여성이 친구와 나누는 이야기였는데,

아빠를 잘 알고 있는 딸의 마음, 그리고 너무 쉽게 딸에게

취향을 읽혀버린 아빠의 모습이 그려질 것 같았습니다.

모르는 사람의 이야기인데도 마치 잘 알고 있는 이웃의

이야기 같았죠.

아버지에 대한 이야기가 계속 들려왔습니다.

정말 성실한 직장인이라는 것,

너무 바빠 취미를 가질 겨를도 없이 사셨다는 것,

겨우 마음 붙인 것이 자전거라는 것,

그래서 아버지는 자전거와 연관된 선물을 받으시면

가장 기뻐하신다는 이야기가 이어졌죠.

요즘은 자전거의 종류도 정말 다양한데, 이야기 속의 아버지는

아마도 약간 성능 좋은 자전거를 타시는 것 같았습니다.

아버지 생신 선물로 분명 마음에 들어하실 자전거 용품을
준비했다는 이야기, '우리 아빠를 행복하게 해드리기는 너무
쉽다'는 이야기가 오후를 다정하게 채웠습니다.

생각해 보니, 세상의 많은 아버지가 그렇지 않을까 싶습니다.
마음껏 하고 싶은 일을 다 해본 아빠가 얼마나 될까요.
자신이 무엇을 좋아하는지, 무엇을 하고 싶은지도 모른 채
그저 눈 앞의 일을 헤치며 살아온 분들이 대부분일 겁니다.

자기 손으로 옷을 사본 적도 거의 없고, 다양한 취미를 마음에
들여놓은 적도 없는 아빠들.
자신의 취향이 뭔지도 모른 채 살아온 아버지들의 단순한 삶.
'단순함'이라는 말이 마음을 울컥하게 만듭니다.
아주 작은 것에 만족하는 그 마음과 눈치채기 너무 쉬운
소박한 취향도 마음을 숙연하게 합니다.

'아빠를 행복하게 해드리기는 너무 쉬워!'
카페의 뒷자리에서 들려온 이야기는 아주 많은 아버지의
이야기일지도 모릅니다.
좋아하는 것이 하나, 혹은 둘밖에 없어서

알아차리기 쉬운 삶.

우리를 울컥하게 하는 그 '단순함'에

사랑과 존경을 담아봅니다.

행복하게 해드리기 너무 쉬운 아빠,

행복하게 해드리기 너무 쉬운 엄마 혹은 할머니, 할아버지

세상의 아이들과 어른들.

그 단순함을 가끔 충족시켜드리며 살아야겠습니다.

내 안의 밝음,
내 안의 놀라움

다른 사람이 가진 것이 부러울 때가 제법 있습니다.

소년 소녀들의 웃음이 부럽고, 어른들의 지혜가 부럽고,

청춘의 에너지와 쿨한 분위기가 부럽고, 친구의 똑똑한 선택도

부럽고, 선배의 뚝심이 부러울 때가 있죠.

같은 이유로 다른 사람이 우리를 부러워할 때도 있을 겁니다.

머뭇거림을 신중함이라고 오해하고,

변덕스러움을 창의적이라고 부러워할 때도 있겠죠.

우리는 자기 안의 어둠이나 부족함은 잘 찾아내는 편이지만

자기 안의 밝음과 놀라움을 찾아내는 일에는 좀 서투른 것

같습니다.

가을이 온다는 건, 내 안의 밝음과 놀라움을 찾아낼 가능성이

높아진다는 의미라고 생각합니다.

부러운 건 마음껏 부러워하고, 감탄할 것도 마음껏 감탄하면서

나와 좀 더 친밀해지는 계절이 오고 있습니다.

떨어져 있는 이유

아무리 오랜만에 컴퓨터 앞에 앉아도 키보드에 손을 올리면
손가락이 저절로 키보드 사이를 헤엄칩니다.
오랜만에 기타를 들어도 손가락이 모든 키를 금방 기억하는
것처럼 키보드 위에 놓인 손가락은 재빨리
어느 자리에 어떤 글자가 있었는지를 기억하죠.

키보드에는 양손 검지손가락이 놓이는 자리를 표시한 작은
점이 있습니다. 그것이 기준점이 되어 여러 개의 자판을
자유롭게 옮겨 다닐 수 있죠.
문득 키보드는 어떻게 이런 배열을 갖게 되었을까,
왜 기역 옆에 니은을 두지 않았을까,
왜 a 옆에는 s가 있을까 궁금해집니다.
우리가 사용하는 키보드는 옛날의 타자기에서 유래된
배열이라고 합니다. 이 배열이 표준이 된 몇 가지 설이 있는데,
기계적 결함을 방지하기 위해서라는 것이

가장 설득력 있습니다.

19세기 후반에 발명된 초기 타자기들은 자판을 누르면
글자가 종이를 때리는 방식으로 작동했습니다.
그래서 아주 빠르게 타이핑을 하면 가까이 붙어 있는 글자들이
서로 엉켜서 타자기가 고장 나는 일이 잦았다고 하죠.
그런 기계적인 결함을 줄이기 위해서 연달아 사용될 확률이
높은 글자들을 키보드 위에서 서로 멀리 떨어뜨려
배치하게 된 거라고 합니다.

자주 엉키는 생각의 수선법, 혼란한 마음의 수선법을 배운 것
같지 않나요? 동시에 작동되고, 한꺼번에 엉킨 감정을 좀 멀리
떨어뜨려 놓는다면 어떨까.
울적한 마음을 곁에 있는 씩씩한 감정이 다독여주고,
조절되지 않는 분노는 가까이에 있는 다정함이 누그러뜨릴 수
있을지도 모릅니다.
컴퓨터의 자판에 손을 올릴 때마다,
함께 있으면 부딪히는 것들을 조금 멀리
떨어뜨려 놓는 것에 대해 생각해봐야겠습니다.

쿠바, 2달러

쿠바 여행을 다녀온 친구부부가 아바나에서 겪은 이야기를
들려주었습니다.

영화 〈부에나비스타 소셜 클럽〉에서 보았던 것처럼 쿠바의
현실은 여전히 어려워 보였다고 합니다.

하지만 낙천적이고 순수한 쿠바 사람들을 만났고, 거리에서 또
뮤직홀에서 쿠바 음악을 원없이 들었다고 하더군요.

쿠바 여행에서 가장 인상적인 순간은 따로 있었다고 합니다.

그 부부는 아바나만이 아니라 쿠바의 다른 지역도 여행할
예정이어서 차를 렌트했는데, 첫날 저녁에 숙소 앞에 차를
세우니 몇 명의 청년이 다가오더라고 합니다.

불안한 마음이 들고 긴장이 될 수밖에 없는 상황이었는데,
청년들은 아주 진지한 표정으로 말했다고 하죠.

'이곳에선 차를 도난당하거나 차 안의 물건을 가져가는 일이
많다, 그러니 2달러를 주면 우리가 밤새 이 차를 지켜보겠다',

그렇게 제안했다고 합니다.

두려운 마음도 들었고, 어쩔 수 없는 상황이기도 해서

그들은 2달러를 준 뒤 숙소로 들어갔다고 합니다.

체크인을 마치고 저녁을 먹으러 나오다가 그들은 차 앞에

의자를 가져다 놓은 세 청년을 보았다고 하죠.

그들이 저녁을 먹고 돌아왔을 때도 세 청년은 여전히 그 자리에

있었고, 그들을 향해 반갑게 손을 흔들었다고 합니다.

자기 전에 커튼 너머로 밖을 보니 청년들은 정말로 꼼짝도 하지

않고 차를 지키고 있었다죠.

다음 날 아침 그들이 체크아웃하고 밖으로 나올 때까지

쿠바 청년들은 약속했던 말 그대로 차를 뚫어져라 지켜보고

있었다고 합니다.

2달러를 지불하기엔 너무 미안할 정도로 성실했던 청년들을

보며 그들은 뭉클하기도 하고 마음이 아프기도 했었다죠.

돈을 더 주고 싶었지만 다른 여행자에게 영향을 미칠 수 있으니

대신 여행하다 좋은 사람들을 만나면 주려고 가져갔던

기념품을 청년들에게 주었다고 합니다.

그리고 그들의 눈을 바라보며 진심으로 고맙다는 인사를

했다고 하네요.

약속의 가치가 무엇인지를 알려준 쿠바 청년들 덕분에
그 부부의 여행은 내내 좋았다고 합니다.
물론 불편한 일도 많았고, 속상한 일도 있었지만
밤새 차를 지켜보던 그 청년들을 생각하면 웃을 수 있었다죠.

여행이란 역시 사람을 만나는 일이며, 잠시 잊고 있던
삶의 소중한 가치를 되찾는 일이라는 생각이 듭니다.
쿠바의 그 청년들에게 근사한 일이 일어나기를 기원합니다.

너무 많이 아는 사람들

만약 우리가 타임머신을 타고 20세기 초반으로 간다면
그 시대의 사람들은 우리가 너무 많은 걸 알고 있어서
깜짝 놀랄지도 모릅니다.
디지털 정보 분야의 전문가들은 이렇게 말합니다.
정보화 시대가 우리에게 알려준 정말 중요한 사실은
우리가 지금보다 좀 적게 알아도 괜찮다는 것이며,
유능한 디지털 하인에게 짐을 맡기고 보다 여유롭고
자유로워져야 한다고.

클릭 한 번이면 많은 것을 알 수 있고 해결할 수도 있는데
우리는 왜 예전보다 더 여유가 없어졌을까요.
많은 정보를 가지게 되었지만 대신 정말 중요한 걸 어딘가에서
잃어버렸는지도 모르겠습니다.
전문가의 권유처럼 디지털 하인에게 짐을 맡겨두고
자유롭고 다정한 시간을 회복할 수 있으면 좋겠습니다.

Lemon

바퀴를 달면…

만약 무거운 것이 있다면 거기에 바퀴를 달아주는 것이
좋습니다. 이삿짐센터의 작업을 보면 잘 알 수 있는데,
커다란 가구도 바퀴 달린 운반대 위에 올리면 가볍게
옮길 수 있죠.
이사와 여행처럼 어딘가로 움직이는 일에는
바퀴가 필수적입니다. 거대한 트럭을 움직이는 것도 바퀴고,
무거운 여행 가방을 편히 들고 가게 하는 것도 바퀴의 힘이죠.
여행 가방을 밀고 공항으로 가던 어느 날에도 새삼스럽게
감탄한 적이 있습니다.

누가 맨 처음 가방에 바퀴를 달 생각을 했을까.
어떤 지혜로운 사람이 무거운 가방에 바퀴를 달면 더 편리한
여행을 할 수 있다고 알려주었을까.
무거움을 받아들이는 지혜로운 방법을 여행 가방에서
배웁니다.

바퀴가 달린 여행 가방을 올해의 아이콘처럼 마음에
담아봅니다.
올해도 시간은 기쁨만큼의 슬픔, 행복만큼의 불행,
웃음만큼의 눈물을 준비하고 우리가 피해갈 수 없는
길목을 지키고 있겠죠.
그 모든 것을 감당하려면 무거우니 여행을 떠나지 않겠다는
생각이 아니라 여행 가방에 바퀴를 다는 지혜를
챙겨야 할 겁니다.

이제부터 다시 시작입니다.
새로운 시간 여행을 시작하는 우리,
가능하면 짐은 단출하게 챙기고,
여행 자체에 충실할 수 있길 바랍니다.
가끔 무거워질 땐 '우리에겐 바퀴가 있지' 생각하면서.

없을 것 같지만 있는,
있을 것 같지만 없는

아프리카에도 적지 않은 면적의 빙하가 있습니다.
그 빙하의 대부분은 킬리만자로산에 있다고 하죠.
열대의 땅이라고 생각하는 아프리카 대륙이 얼었던 흔적이
있다는 것도 신비롭습니다.
우리의 짐작과는 다른 일들이 많죠?

늘 웃고 있는 사람에게도 슬픔이 있고,
늘 행복해 보이는 사람에게도 그늘이 있기 마련입니다.
없을 것 같지만 있는 것,
있을 것 같지만 없는 것.

짐작과는 다른 것들이 뒤섞이고 조화를 이루면서
우리는 조금씩 더 나아지는 거라고 믿습니다.

라이벌

미켈란젤로와 레오나르도 다 빈치는 르네상스 시대를 대표하는
거장이자 당대의 라이벌이었습니다. 같은 시기에 활동했던
두 화가에게 피렌체 시의회가 시청사의 벽화를 각각
의뢰한 적이 있습니다.
이 작업을 하는 과정에서 미켈란젤로는 다 빈치의 작품에
약간의 조롱 섞인 반응을 보냈고, 다 빈치는 미켈란젤로를
'조각밖에 모르는 사람'이라고 평가했다는 이야기가
전해집니다.
결국은 둘 다 의뢰받은 벽화를 완성하지 못했다고 하는데,
위대한 두 예술가가 속 좁은 라이벌 경쟁을 했다는 게
흥미롭습니다.

역사에는 대단한 라이벌 관계를 이룬 인물들이 있었습니다.
워털루 전투에서 나폴레옹에게 승리한 웰링턴 장군이 있고,
한때 스승과 제자였던 프로이트와 융의 관계도 그랬죠.

19세기 말 유럽에선 프랑스 배우 '사라 베르나르'와 이탈리아의 '엘레오노라 두세'가 강력한 라이벌 관계를 이루고 있었습니다. 축구계에는 한동안 '메시'와 '호날두'의 라이벌 관계가 이어졌고, 피겨 스케이팅에서는 김연아 선수와 아사다 마오 선수가 그랬었죠. 초반엔 두 사람의 라이벌 구도가 팽팽했지만 곧 김연아 선수가 넘볼 수 없는 피겨 퀸의 자리를 지켰습니다. 라이벌을 이룬 사람들의 경쟁과 질투와 고통의 이야기는 역사에도, 예술계에도, 현실 세계에도 차고 넘칩니다.

'라이벌rival'의 어원을 찾아 보면 '강물'이 나옵니다. 강물이 삶의 터전이었던 옛날엔 강 건너에서 마주 보며 살던 사람들끼리 다툼이 잦을 수밖에 없었습니다. 하나의 강물을 공유하는 사람들의 운명, 그래서 강 건너편 사람들을 지칭하는 단어 '라이벌'이 생기게 되었죠.

라이벌을 '나를 고통스럽게 하는 사람'으로 받아들이는 사람도 있지만 라이벌이란 사실 나를 성장하게 하는 사람이죠. 저쪽에서 강물을 잘 다스리면 이쪽에서도 더 잘 다스리려 노력하는 관계가 될 수도 있습니다. 라이벌을 질투하거나 증오하면 자신이 다친다는 건 역사가 증명하고 있죠.

'갈색 탄환'이라고 불리던 육상 선수 칼 루이스는 세계신기록을
세운 날, 이렇게 말했습니다.
"라이벌 벤 존슨이 있어서 세계신기록을 세울 수 있었습니다."
라이벌을 존경하면 결국 내가 빛난다는 걸
세상에서 제일 빠른 사나이 칼 루이스가 알려주었습니다.

국물 있는 요리

국물 있는 요리를 먹어야겠다 싶은 저녁이 있습니다.
어떤 특정한 음식이 먹고 싶은 건
내가 나 자신에게 주는 일종의 처방전일 수도 있다고 하죠.
따뜻한 국물을 먹으며 마음의 응어리를 풀어야겠다는
무의식적인 노력 같은 거라고 합니다.
'무언가 먹고 싶은 건 다 이유가 있다'던 어른들 말씀이
맞았습니다.

레이먼드 카버의 소설에도, 말할 수 없는 슬픔을 겪는 사람에게
우선 뭘 좀 먹고 기운을 차리는 게 좋겠다고 설득하는 장면이
있습니다.
'뭘 좀 먹는 일이 별 것 아닌 것 같지만, 도움이 될 겁니다'라고
말하는 장면이 뭉클했습니다.

고단한 사람을 위한 레시피로는 뭐가 좋을까요?

무엇이 되었든 우선 따뜻하고 정갈한 음식을 좀 먹고,

별 것 아닌 것 같지만 도움이 되는 그 느낌을

마음 깊이 느끼는 저녁이 되기를 바랍니다.

자란다, 잘한다

예전엔 펜을 쥐어야 메모가 가능했지만, 요즘엔 음성 메모로
얼마든지 긴 메모를 할 수 있습니다.
얼마 전에는 음성 메모를 하다가 새삼 느낀 것이 있습니다.
'나무도 잘 자라고, 화분도 잘 자라고, 아이들도 잘 자란다'.
그런 음성 메모를 하던 중이었다는데,
'자란다'는 말을 휴대폰이 자꾸 '잘한다'고 받아썼습니다.
물론 기계도 완벽하게 받아적기 어려운 때가 많고, 우리의
발음도 애매할 때가 많아서 음성 메모를 하다 보면
코미디 같은 상황이 발생할 때가 많긴 합니다.
하지만 그날 엉뚱한 받아쓰기를 계속하던 휴대폰은 뭔가 다른
이야기를 내게 해주고 싶은 것 같았습니다.

그렇구나. '자란다'는 건 어쩌면 '잘한다'는 말과 같은 뜻이
아닐까, '자란다'는 말 속에는 '잘한다'는 응원과 박수가
들어있는 건 아닐까 싶었습니다.

언젠가 저녁을 먹으러 간 식당에서 옆 테이블에 있던
한 아이가 엄마에게 끈질기게 묻던 질문이 생각납니다.
"엄마는 이담에 다 자라면 뭐가 되고 싶어?"
"엄마는 이미 다 자랐어."
"아니, 그런 거 말고. 이 다음다음에 진짜 다 자라면 뭐가 되고
싶냐고!"
아이의 끈질긴 질문에 그 엄마도 무언가를 생각하게
된 것 같았습니다. 어른도 계속 자라는 존재라는 걸 옆
테이블에 있던 사람들도 문득 깨달았으니까요.

사람은 죽을 때까지 성장해야 한다는 것.
다 자란 사람에게도 성장의 시간이 필요하다는 것.
그래서 우리는 계속 자라야 한다는 것.
계속 자라는 것이 '잘하는 일'이라는 것.
그러게요. 나는 자라서 어떤 사람이 될까요.

예감은 틀리지 않는다

영국 작가 '줄리언 반스'는 무척 화려한 경력을 가졌습니다.
영국과 프랑스, 독일의 권위 있는 문학상을 모두 수상했고,
한때는 '댄 캐버나'라는 필명으로 범죄소설을 쓰기도 했습니다.
줄리언 반스의 소설 중에 『예감은 틀리지 않는다』라는 작품이
있습니다. 아마 영화로 보신 분들도 있을 텐데 이 소설은 젊은
날의 시기와 질투, 치졸함이 어떤 일을 만드는지,
또 우리의 기억은 또 얼마나 불완전한지를 보여줍니다.

주인공 토니에겐 에이드리언 핀이라는 명석한 친구가
있었습니다.
에이드리언이 얼마나 빛나는지를 보여주는 장면이 있죠.
'역사는 불완전한 기억과 불충분한 문서가 만나는 순간에
생성된다'
에이드리언은 고등학생 때 이미 이런 말을 했던 친구였습니다.
이 문장은 고스란히 이 영화가 말하고자 하는 주제이기도

합니다. 토니와 에이드리언은 각자 다른 대학으로 진학했는데,
문제는 토니가 베로니카라는 여학생을 사귀는 것으로
시작됩니다.
토니와 베로니카는 사귄 지 얼마 되지 않아서 헤어졌는데
어느 날 에이드리언의 편지가 토니에게 날아듭니다.
자신이 베로니카를 사귀어도 괜찮겠는지를 묻는 편지였고,
베로니카도 꼭 물어보라고 했다는 내용도 들어 있었습니다.
토니는 분노와 질투에 휩싸여 치졸하기 그지없는 답장을
썼지만, 이내 마음을 가라앉히고 괜찮은 척 마음을 숨긴
편지를 보냅니다.

과연 토니가 보낸 답장은 두 번째 편지였을까.
그 후에 에이드리언과 베로니카는 어떻게 되었을까.
은퇴한 토니에게 베로니카의 엄마는 왜 약간의 유산과
에이드리언의 일기장을 남겼을까.
노년의 토니가 뜻밖의 일로 베로니카를 다시 만났을 때
그때 마주한 젊은 날의 진실은 충격과 반전으로 가득합니다.

이 소설이 말하고 싶은 건 결말의 반전보다는 왜곡되고
편집되기 쉬운 기억의 불완전함과 그 책임에 관한 것이라는

생각이 듭니다.

학창 시절 친구가 기억하는 내 모습이 정작 나에게
낯설 때가 있고 그 시절의 일 중에 내 기억과 완전히
다른 일도 있는 것처럼 우리의 기억은 불완전하고,
자주 왜곡되거나 편집되곤 하죠.

‘예감은 틀리지 않는다’. 이렇게 번역된 제목도 멋지지만
사실 이 소설의 진정한 느낌은 원래의 제목에 잘 담겨
있습니다.
이 소설의 원제목은 ‘The Sense of an Ending’.
‘결말에 대한 감각’. 이렇게 번역해 보면 좋을까요?
긴 시간 동안 이어진 사람과 사람의 이야기를 다루고 있으니
‘The Sense of an Ending’이 훨씬 적합하겠다는 생각이 듭니다.

인류의 발전에는 기억의 불완전함이 큰 기여를 했다고 합니다.
줄리언 반스의 소설에는, 스토리의 흥미로움 말고도
소설을 따라오는 독특한 지식까지도 섭렵할 수 있는
또 다른 즐거움이 있습니다.
세상을 떠난 아내에게 바친 소설 『사랑은 그렇게 끝나지
않는다』에는 초창기 열기구의 역사가 등장하고,

『플로베르의 앵무새』에서는 작가 플로베르와 그를 둘러싼 온갖

지식을 덤으로 읽을 수 있죠.

그의 경력을 보니 왜 그런 즐거움을 누릴 수 있는지

조금은 알 것 같습니다.

줄리언 반스는 옥스퍼드에서 현대언어학을 전공했고,

한때 옥스퍼드 영어사전 편찬자로 일한 경력도 있었습니다.

뭔가 흥미로운 소설이 읽고 싶다면 줄리언 반스의 소설들을

읽어보시는 것도 좋을 것 같습니다.

나를 지탱하는 힘은
어디서 오는가

베토벤은 작곡에 몰두해 있다가 진전이 없을 때면 머리에
찬 물을 끼얹곤 했다고 합니다.
버지니아 울프는 글이 잘 풀리지 않으면 자신이 산책을
나가거나 등장인물을 거리로 내보냈습니다.
문을 열고 밖으로 나간 댈러웨이 부인이 런던 거리를 산책하고,
작가가 뒤따라가는 걸 상상해 보니 참 멋진 방법이라는 생각이
드네요.
그런가 하면 찰스 디킨스는 아예 자신이 런던 거리로 나가서
사람들과 대화하고, 관찰하며 돌파구를 찾았다고 합니다.
헤밍웨이는 글을 쓰기 전에 연필을 가지런히 깎았고,
잘 안 풀리거나 집중해야 할 땐 서서 글을 썼습니다.
물론 장소를 옮기는 것도 헤밍웨이가 자주 사용하던 방식이죠.

헨리 데이비드 소로우는 글을 쓰기 전에 긴 산책을 했고,
슈만과 쇼팽과 브람스도 산책을 하며 영감을 얻었다고 하죠.

그래서 예술가들 중에는 산책을 하다가 갑자기 집으로
뛰쳐들어가는 경우가 적지 않았다고 합니다.
플로베르는 좀 독특한 면모를 보여주는데, 딱 시간을 정해놓고
무조건 그 시간만큼은 책상 앞에 있었다고 합니다.
"가장 평범한 날의 꾸준한 작업이 최고의 영감을 준다."
플로베르는 이렇게 말했다고 하네요.

나를 견디는 힘은 어디에서 오는 걸까요?
꽉 막힌 일을 풀어갈 지혜는 어디에서 오고,
눈앞의 일을 창의적으로 잘 해낼 영감은 또 어디에서
오는 걸까요?
언젠가 텔레비전에서 보았던 어느 뮤직 비디오 감독의 말이
생각납니다.
"당신의 영감은 어디에서 오느냐"고 진행자가 묻자
감독은 망설이지 않고 이렇게 대답했습니다.
"나의 영감은 '마감'에서 옵니다"하고 말이죠.
공감하는 분이 많으실 겁니다.

나의 좋은 순간, 내가 인내심을 발휘하는 순간은 어떤 때인가.
어떻게 하면 나를 최대치로 끌어올릴 수 있는가.

그걸 알아두는 건 중요한 일입니다.

때론 음악이, 그리고 저녁의 휴식이

영감의 순간이 되고,

인내심의 배경이 된다면 좋겠습니다.

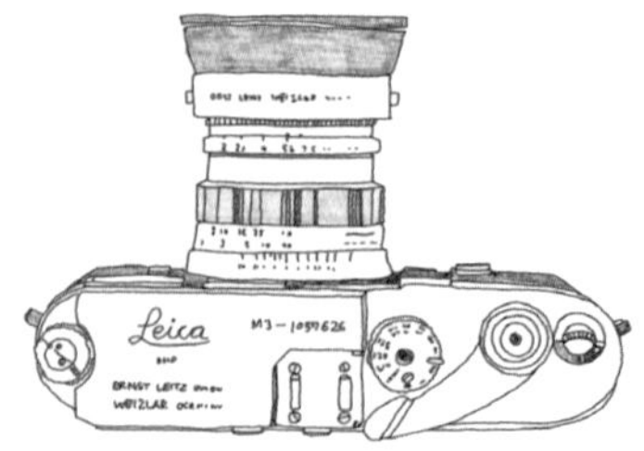

아끼는 사람

한 선배님이 친구분에게 저를 소개하시면서
'내가 아끼는 사람'이라고 소개를 하신 적이 있습니다.
그때 참 감사했고, 뭔가 뭉클했던 기억이 납니다.
아끼는 사람이라는 말에 다정함과 친근함을 넘어선 마음이
담긴 것 같았습니다.

'아끼다'라는 말이 특별하게 들릴 때가 있습니다.
사전상으로 '아끼다'는 '절약한다'는 말과 동의어죠.
단순한 절약이라기보다는 물건이나 돈이나 시간을
함부로 쓰지 않는다는 뜻이 담긴 말입니다.
'아끼다'는 또 물건이나 사람을 소중하게 여기는 태도를
의미합니다.
'할 말을 아낀다'고 쓰면, 하고 싶은 말이 있지만
'참는다'는 뜻이 되기도 하고, 말을 아낀다고 표현하면
신중하고 진지한 자세를 생각하게 되죠.

'아끼다'의 사용법도, 그 뉘앙스도 참 다양하구나 싶습니다.
'아끼다'라는 말의 어원은 '앗다'라는 단어에서 왔다고 하는데
'앗'이라는 단어는 가로챈다는 의미를 가졌습니다.
하지만 '앗긴다'라는 피동사가 되면서 '누군가가 빼앗아 가려할
때 그것을 지켜내는 것'을 의미하게 되었죠.

그러니까 '아낀다'는 건, 우리가 흔히 생각하는 것처럼 쓰지
않고 모셔두는 건 아닌 겁니다. 다른 사람이 가져가지 못하도록
지키는 것, 애틋하게 생각하며 품는 것, 나의 분신처럼 여기며
잘 사용하는 것이라는 뜻이 담겨 있는 거죠.
생각해 보면 아낀다고 사용하지 않았던 것들,
서랍에 곱게 넣어두었던 것들은 결국 다른 사람의 것이 되거나
어디에 있는지도 모르는 것이 되곤 했습니다.

아끼는 사람이라는 표현 속엔 조용하고도 깊은 마음이 담겨
있죠. 신뢰, 존중, 우정, 애틋함, 특별함, 다정함이
다 담겨 있습니다.
아끼는 마음은 서로 드러내지 않아도 이심전심으로 전해진다는
것도 압니다. 자주 만나지 못하더라도 서로가 서로를 아낀다는
걸 알고 있겠지만 가끔은 소중한 시간을 내어서 만나야 합니다.

그래서 시간의 먼지가 내려앉은 자리를 웃음으로 닦아내고,
한동안 든든하게 지낼 이야기와 웃음을 나누어야 하지
않을까요.

나를 아끼는 사람, 내가 아끼는 사람이 있어서
오늘도 괜찮은 하루를 보낼 수 있었습니다.

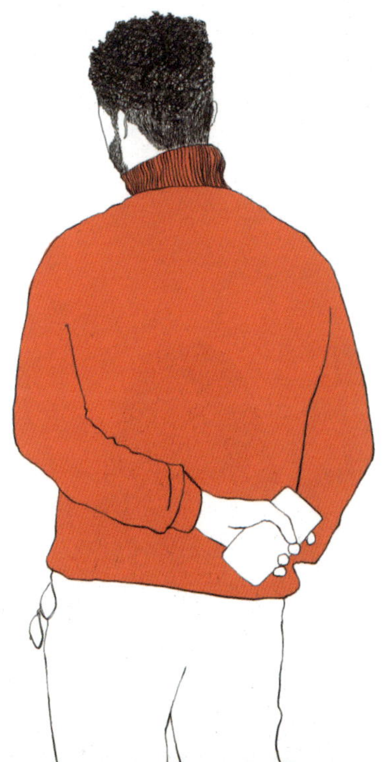

함께 보낸 시간은
거짓말을 하지 않는다

함께 보낸 시간은 거짓말을 하지 않습니다.
아니라고 해도 맞다는 걸 알 수 있고,
자랑할 만한 일이 있는지, 슬픔에 쓰러질 것 같은지도 알 수 있죠.
밥물이 끓어올라 쌀에 스며드는 것까지를 '밥'이라고 말하는
것처럼
기쁜 시간도, 슬픈 시간도, 그만 헤어질까 싶던 지루한 시간까지도
모두 우리를 이룬 것이었습니다.
그래서 함께 보낸 시간은 빛나는 훈장이고,
그래서 함께 보낸 시간은 무섭기도 하네요.
아무리 감추어도 감출 수 없는 걸 서로 보게 될 테니.

짧은 만남은 환상을 만들 수도 있고, 우리를 속일 수도 있지만
함께 보낸 긴 세월은 가난처럼, 기침처럼 감출 수 없는 것들을
보여줍니다.
그런 것을 견디며 오래 사랑하는 건 아름다운 일일테지만
도마에 파를 수북하게 쌓아놓고 끊임없이 써는 것처럼 매운
일이기도 하죠.

그래도 '함께 보낸 시간은 거짓말을 하지 않는다'는 말이
흐뭇하게 들립니다.
쌀알이 끓는 물과 어우러져 구수한 밥으로 뜸들어 가듯
함께 보낸 시간이 우리를 조금은 괜찮은 존재로 만들어줄 거라는
기대도 갖게 됩니다.
그것이 빛나는 훈장으로만 남지 않는다 해도
'우리가 함께 보낸 시간은 거짓말을 하지 않는다'는 말이
충분한 위로가 됩니다.

셋.

저녁에 쉼표, 하나

너의 마음 속으로
1년 살기를 하러 간다

너의 마음속으로 1년 살기를 하러 간다.
처음에는 가벼운 여행을 원했고,
그 다음엔 망명을 원했고,
나중에는 지독한 이민을 원했지만
어떤 선택이든 다시는 너를 만나기 전으로
돌아갈 수 없을 것이다.
그러므로 조금 비겁하게 1년 살기를 택한다.
미워하고 싶지 않아서
너를 영영 잃지 않기 위해서
들키지 않게 사랑하고, 더 오래 곁에 있기 위해서

짝사랑은 고단하지만 안전합니다.

어떤 짝사랑은 두 사람이 다 알고 있는 경우도 있습니다.

다가갈 수도, 멀어질 수도 없는 마음

그래서 여행도 아니고 이민도 아닌

1년 살기를 떠나는 사람처럼

한 사람의 마음에 잠시 다녀가겠다는 결심을 합니다.

사랑에는 기존의 측량법이 아무 소용없습니다.

어느 것이 용감하고, 어떤 것이 뜨거우며, 무엇이 진실인지도

영원히 알 수 없습니다.

그토록 많은 걸 알고 있으나 여전히 아무 것도 모르는 채로

겪을 수밖에 없는 천재지변입니다.

결국엔 다 잘될 겁니다

하루를 보내는 동안 피어나고 사라지는 걱정과 고민에 대해서
유능한 선배와 지혜로운 사람들은 모두 다 이렇게 조언합니다.
'결국엔 다 잘될 겁니다'.
다정하지만 무책임한 조언이 아닐까 싶지만 지나고 보면
알게 되죠.
악기나 운동도, 연습하고 또 하다 보면 잘하게 되는 것처럼
매일의 경험과 매일의 사랑이 쌓이면 잘되는 쪽으로
흘러갑니다.

세상에서 가장 굳건한 건 모두
'결국엔 다 잘될 거라'는 응원과 믿음처럼
간결하고 다정한 모습을 가진 것 같죠?

오늘 하루도 수고 많으셨습니다.

트로피였구나

한 사람이 평생 했던 일을 마무리하게 되었습니다.

그를 아끼는 사람들이 모여서 축하의 자리를 만들었고,

맛있는 음식과 아름다운 음악과, 앞으로의 날을 향한 덕담이

풍성했죠. 무엇보다 오랜 세월을 바친 전문적인 일을 무사히

마무리한 것을 진심으로 축하해주었습니다.

자리가 무르익었을 무렵 제법 큰 케이크 상자가 탁자에

등장했습니다.

조심조심 상자를 열던 사람들은 모두 깜짝 놀랐습니다.

연구실의 가운을 입은 그의 모습이 정교한 조각 작품처럼

케이크 위에 올려져 있고, 늘 보던 전공책과 취미로 연주하던

피아노 모형과 벗어 둔 안경까지 케이크 위에 자리를 잡고

있었습니다.

감탄이 절로 나오는 케이크였습니다.

축하의 노래를 불러주었고, 그는 박수를 받으며 촛불을

불어 껐습니다. 하지만 아무도 선뜻 케이크를 먹자고 말하지
못했습니다.
그날의 케이크는 한평생 자신의 일에 헌신했던 사람에게
수여된 트로피 같았으니까요.

세상의 모든 케이크는 본질적으로 트로피라는 걸 그날
깨달았습니다.
생일을 위한 케이크건, 그날처럼 축하를 위한 케이크건,
결혼기념일 케이크 혹은 이유 없이 그냥 사온 케이크일지라도
모두 다 트로피였다는 걸 알았습니다.
'태어나주어서 고맙다'고 마련한 트로피가 되고,
'당신이 있어서 세상이 조금은 더 좋아졌다'는 뜻을 담은
트로피가 되고, '오늘을 잘 견딘 걸 축하'하는 트로피가 됩니다.
세상에 왜 그토록 많은 케이크 가게가 성업 중인지도 문득
알 것 같았습니다.

나도 모르는 사이에 받았던 트로피가 추억 속에 차곡차곡 쌓여
있습니다. 다시 '맛있는 트로피'를 받는 날이 온다면
최고의 배우, 최고의 감독이 된 것처럼 활짝 웃겠습니다.
우리는 모두 트로피를 받을 자격이 충분한 사람들이니까요.

전두엽에 있는 스위치 하나

집으로 돌아와 종일 꺼두었던 방안 전등의 스위치를 켭니다.
어둠을 몰아내고 공간이 순식간에 환해집니다.
어떤 날엔 이 스위치 하나의 위력이 마음에 깊이 와닿을 때가
있습니다.
마음 안에도 이런 스위치가 있다면, 그래서 필요한 스위치는
켜고 작동하고 싶지 않은 스위치는 끌 수 있다면 좋을 텐데,
그런 생각도 해봅니다.

마음에는 없어도 뇌 속에는 그런 스위치가 있다고 학자들이
알려줍니다.
그 스위치 중의 하나가 '몰입'이라는 이름의 스위치입니다.
'행복의 비밀은 몰입에 있다'는 이야기를 한동안 자주
들었습니다.
장난감과 놀이에 몰입한 행복한 아이처럼,
암벽을 등반하거나 오디오에서 들리는 음악에 몰입한 사람은

행복하다고 하죠.

달리거나, 그림을 그리거나, 악기를 연주하거나,

무언가에 몰입한 사람은 행복하다는 것이 헝가리 학자

미하이 칙센트미하이의 '몰입' 이론입니다.

몰입이 행복에 관여하는 것까진 알겠는데,

과연 어떤 원리로 행복을 만들어내는 것일까요.

학자들의 후속 연구가 이어지면서, 우리가 무언가에 몰입하는

동안 전두엽에 있는 스위치 하나가 꺼진다는 걸

발견했다고 합니다.

그 스위치는 끊임없는 자기 검열과 불안을 담당하는

스위치라고 합니다.

그러니까, 암벽등반가가 자신이 마치 바위가 된 것 같은

몰입 상태에 이르면 부정적인 스위치가 꺼지고,

행복 스위치가 켜진다는 거죠.

과거의 후회나 미래의 걱정이 사라지고,

이 순간만이 존재하는 상태에 이르게 된다고 합니다.

저녁이면 누구에게나 끄고 싶은 스위치 몇 개쯤 떠오를 겁니다.

만약 잡다한 고민과, 일어나지 않은 일에 대한 걱정과 불안의

스위치를 끌 수 있다면 저절로 켜지는 평온과 고요의 스위치를
켤 수 있을지도 모릅니다.

전두엽 어딘가에 있다는 그 스위치가 우리 마음대로
꺼지고 켜질지는 모르겠지만
가을 풍경에 흠뻑 몰입할 시간도 가져 보고,
음악에도 물들면서 평온한 저녁을 누리시기 바랍니다.
그러다 보면 불안의 스위치가 꺼지고,
심심하고도 사랑스러운 스위치가 켜지는 순간
혹시 만날 수 있지 않을까요.

발효의 시간

편지를 보내고 답장을 받을 때까지 꽤 오랜 시간이 걸리던
때가 있었습니다. 가까운 곳으로 보낸 편지도 사나흘 걸리던
시절이 있었는데 이문재 시인은 그것을 '발효의 시간'이라고
표현했었죠. 먼곳에서 보낸 편지는, 편지보다 보낸 사람이
먼저 돌아올 때도 있었습니다.

답장을 기다리지 않는 편지는 아마 거의 없을 겁니다.
답장을 기다리는 시간은 달콤하기보단 초조하거나
불안할 때가 더 많았죠.
겨울을 견딘 꽃들이 화사한 답장을 속속 보내오고 있고,
한 계절 넘게 기다렸던 또 다른 답장도 받았습니다.
그 편지의 추신에 고맙게도 이렇게 적혀 있었습니다.

'P.S. 이제 여러분의 일상을 다시 누리시기 바랍니다.'

톱밥 생각

목재소에서 나무를 일일이 다듬는 현장을 본 적이 있습니다.
톱이나 대패가 한 번 지나갈 때마다 톱밥이 꼬불꼬불
만들어졌고, 나무 하나가 다 다듬어지고 나면 톱밥이 산처럼
수북하게 쌓였죠.
그때 본 톱밥은 나무의 한숨 같기도 하고, 눈물 같기도
했습니다.

가끔 톱밥 생각이 날 때가 있습니다.
곽재구 시인의 시 「사평역」에서, '그리웠던 순간들을 생각하며
나는 한 줌의 톱밥을 불빛 속에 던져주었다', 이 대목을 읽을 때
특히 그렇죠.
서구에선 '톱이 지나간 자리에 남은 먼지'라는 뜻으로
'Sawdust'라는 이름을 지어주었지만,
우리는 '톱밥'이라는 아름다운 이름을 지어주었습니다.
이렇게 아름다운 이름을 얻은 톱밥은

문학이나 예술 작품 속에서 삶의 고단함이나 따뜻한 위안,
사라지는 것의 상징처럼 등장하곤 했습니다.

톱밥은 가끔 강력한 연극적 장치가 되기도 합니다.
예전에 서커스단이나 유랑 극단은 늘 무대 바닥에 톱밥을
깔았다고 하는데,
페데리코 펠리니 감독의 영화 〈길La Strada〉에서도
서커스단의 천막 아래 깔린 톱밥을 볼 수 있었습니다.
영화 속에서 톱밥은 현실과 연극의 경계를 상징하기도 했고,
톱밥처럼 보잘것없는 현실을 살아내는 서커스 단원들의 삶을
상징하기도 했습니다.

이불처럼 덮을 수도 있고, 더러운 것들의 담요가 되어주기도
하고, 소음을 흡수하는 소재도 되며, 자주 난로에 들어가
삶을 데우는 연료가 되기도 하는 것.
예전엔 '톱밥'이 그저 정겨운 말로 들렸는데,
나무에서 떨어져 나온 이 부스러기들이
생각할수록 철학적인 소재 같습니다.

지나간 시간은 톱밥 같은 것.

톱질이 끝난 뒤에는 이미 생겨난 톱밥을 되돌릴 수는 없죠.

누군가는 톱밥을 먼지라고 부르지만, 누군가는 애틋한 이름을 지어주고 삶을 데우는 연료로 씁니다.

지나간 시간도 쓰기에 따라 톱밥처럼 좋은 선물이나 치료약이 되기도 하겠죠.

지나간 시간이 나를 돕게 할 것인가, 그렇지 않은가, 그것 또한 우리의 선택입니다.

톱밥을 연료로 쓰던 난로처럼, '과거'라는 이름의 톱밥도 우리의 마음을 데우는 연료로 쓸 수 있기를 바랍니다.

느슨한 용수철이 되는 것도
괜찮아

길게 잡아당겼다가 놓으면 경쾌하게 제자리를 찾아가는 용수철
같던 시절이 있었습니다.
자고 일어나면 다시 싱싱해지던 그때는 피곤하다는 것이
뭔지 잘 몰랐고, 휴일은 아주 즐겁거나 혹은 무척 지루한
날이었습니다.

느슨한 용수철 같은 시절에게도 좋은 점은 있습니다.
스프링이 너무 뻑뻑해서 불편한 볼펜 같던 날들이
한결 수월해지고, 세상 보는 눈이 너그러워진 것,
그리고 휴일이 정말 소중하다는 걸 깨닫는 거죠.
조금 늦게 회복되더라도, 회복되기를 멈추는 것만 아니라면
느슨한 용수철이 되는 것도 나쁘지 않다는 생각이 듭니다.

처음부터 끝까지, 꽃다발

축하의 마음을 전할 때 꽃다발만큼 좋은 것이 없습니다.
졸업하거나 입학하는 사람들도 꽃다발로 축하를 받고,
결혼하는 신부도 꽃으로 만든 아름다운 부케를 들죠.
자신의 일을 마무리한 은퇴자에게도 꽃다발이 함께하고,
멋진 공연을 마친 가수와 배우도, 새롭게 책을 낸 작가들도
꽃다발로 축하를 받곤 합니다.

축하의 자리에는 왜 꽃다발이 있을까. 물론 아름다운 꽃보다
더 좋은 선물이 없기 때문이겠죠. 찾아 보면 꽃보다
더 아름다운 것도 있을 수 있습니다.
예를 들자면 구스타프 클림트가 사랑하는 여인
에밀리 플뢰게에게 보낸 엽서 같은 거죠.
에밀리 플뢰게가 사업차 출장을 떠났을 때,
그녀가 없는 허전함을 감당하기 어려웠던 클림트는
꽃을 그려 엽서를 보냈습니다.

'꽃다발을 보낼 수 없어 이것으로 대신합니다' 라고 쓰고
꽃을 그려 넣은 엽서를 에밀리 플뢰게의 숙소로 보냈다고 하죠.
클림트의 그림이라면야 대적할 상대가 없겠지만, 어지간해서는
꽃다발을 대신할 수 있는 축하가 많지는 않을 겁니다.

어느 배우가 최근에 이런 말을 했습니다. 공연을 할 때마다
지인과 팬들이 주시는 꽃다발을 많이 받는데, 요즘에 들어서야
기쁜 날 축하의 마음을 왜 꽃다발로 표현하는지 알 것 같다고
하더군요. 꽃다발에는 두 개의 선물이 들어 있다는 생각이
들었다고 합니다.

활짝 핀 꽃으로 만든 꽃다발이 '화양연화'를 상징하는 첫 번째
축하라면, 꽃다발이 조금씩 시드는 것까지도 즐기는 것이
두 번째 기쁨이자 선물이라는 걸 이제야 알겠다고 하더군요.
시드는 마음을 받아들이고, 시드는 마음을 또 다른 선물처럼
여기고, 시드는 마음까지 기꺼이 즐기는 것.
꽃다발에는 그렇게 미처 몰랐던 선물까지도 동봉되어 있다는
걸 새삼스럽게 발견했다고 합니다.

누구나 '난 결코 시들지 않겠다', 그런 각오를 할 때가 있습니다.

하지만 내리던 비도 그치고, 눈도 언젠가 그치는 것처럼
한창인 때가 있으면 시드는 때도 온다는 성찰은 꽤 괜찮은 공부
같습니다.

이제 막 피기 시작할 때부터 시들기까지의 모든 과정이
꽃다발이 되듯, 빛나는 순간에서 시드는 순간까지가
다 삶입니다. 그런 생각을 한번 해 보는 것만으로도
마음이 많이 넓어지는 것 같습니다.

가을엔 가을의 모데라토

날이 부쩍 선선해졌고, 걷기에 참 좋아졌습니다.

걷다 보면 나뭇잎이 벌써 시들고, 조금씩 물들어가고 있다는

것도 알 수 있죠.

나무는 여름을 나는 법과 겨울을 나는 법이 다르다고 합니다.

나무의 나이테가 타원형을 이루는 것도 그런 이유죠.

여름에 생긴 나이테는 간격이 조금 느슨하고,

겨울에 생긴 부분은 촘촘합니다. 여름의 성장 속도와 겨울의

속도가 달라 이런 무늬가 생기는 거죠.

나무만 그럴까요?

날이 선선해지니 벌써 걷는 속도도 달라지고,

일상에서의 마음 속도도 달라졌다는 생각이 듭니다.

여름엔 여름의 모데라토가 있고,

가을엔 또 가을의 모데라토가 있는 거죠.

'모데라토'는 '보통 빠르기'를 의미합니다

그런데 '보통 빠르기'라는 건 참 주관적이고 애매합니다.

계절에 따라 몸과 마음의 속도감도 이렇게 다르게 느껴지는데
지역에 따라서, 그 사회의 특성에 따라서 '보통의 빠르기'란
조금씩 다르겠죠. 사실 '모데라토'는 '보통 빠르기'라는
뜻이라기보다는 '적당하게'라는 뜻에 가깝다고 합니다.
그래서 '알레그로 모데라토'는 '적당히 발랄하게'라는
뜻이고, '발랄하되 너무 심하지 않게 하라'는 걸 의미한다고
음악학자들이 알려줍니다.

'적당히'라는 말은 '그 상황에 맞게 적절하게'라는 뜻인데
언제나 '대충'하라는 말로 오해되곤 합니다.
음악에서는 '대충'하라는 말이 '빠르게'로 받아들여지는
경향이 있다고 하네요.
그리고 보면 우리는 '적당히'라는 말의 깊이와 아름다움을
잘 알아차리지 못하고 함부로 사용했었다는 생각이 듭니다.

가을에 적당한 걸음걸이, 가을에 적당한 속도, 가을에 적당한
평온함은 뭘까. 휘파람을 불 것처럼 상쾌하게 걷지만,
가끔은 멈춰 서서 물드는 풍경을 볼 수 있을 정도의
걸음걸이일까.
가을의 걸음걸이에 대해서도 생각이 많아집니다.

괄호 열고, 괄호 닫고

컴퓨터의 키보드를 가만히 들여다보면, 거기 참 낯설고도
매력적인 세계가 있습니다.
자음과 모음이 있고, 알파벳이 있고, 숫자가 있고,
그리고 독특한 기호들도 여기저기 숨어 있습니다.
쉼표, 마침표, 따옴표, 느낌표, 별표, 콜론, 세미 콜론, 화살표,
그리고 또 괄호가 있죠.

'괄호'는 상당히 의미심장하고 철학적인 부호입니다.
그 안에 무엇이 들어가느냐에 따라 의미가 달라지고,
뉘앙스가 변하죠. 수학이나 과학, 프로그래밍에서 괄호는
계산의 우선순위를 명확히 하는 역할을 하고, 결과 자체를
완전히 바꿔놓기도 합니다.

문장 속의 괄호는 조금 역할이 다르죠. 문장을 쓸 때 괄호를
연다는 건, 본문을 방해하고 싶지는 않지만 그렇다고

지워버리기에는 아쉬운 목소리를 담겠다는 뜻입니다.
그래서 괄호 안에 담아둔 말의 뉘앙스가 결코 사소하진
않습니다. 본문만으로는 충분하지는 않다는 고백이기도 하고,
문장의 일부지만 또 문장의 바깥이기도 한, 매력적인
장치입니다. 독자는 괄호 속 이야기를 주목할 수도 있고,
무시할 수도 있죠.

어쩌면 인생에서도 괄호를 잘 사용하는 능력이 필요할지도
모릅니다. 괄호가 수학에서 계산의 우선순위를 정하고,
글에서는 본심을 슬쩍 드러내거나,
꼬리를 남겨둔 채 문을 닫는 것 같은 역할을 하는 것처럼
인생에서도 괄호가 내면의 질서를 정리하고,
치유하는 도구로 사용될 수도 있겠죠.
심리적으로도 괄호는 '분리하고, 객관적으로 바라보기'의
도구로 효과적이라고 합니다. 우리가 붙잡고 있던 편견이나
판단을 괄호 안에 넣어 발효시키거나, 다른 관점으로 볼 수
있도록 적당한 거리를 만들어준다고 하죠.

괄호 열고, (힘든 감정과 어려운 판단을 요구하는 것들을 잠시
넣어두고) 괄호를 닫습니다. 괄호 열고, (막연한 불안)을 넣고

다시 괄호를 닫습니다.

시간이 조금 지나 괄호 속에서 발효가 잘 이루어지면

괄호 안의 것들은 아주 단순한 모양으로,

아주 맑은 상태로 불안을 털어내고 우리를 반길 겁니다.

그러니 가끔은 괄호 열고, 괄호 닫고

그 방식을 사용해 보고 싶습니다.

가로등이 피었습니다

저녁에, 가로등 아래를 지나다 보면 어떤 가로등은
빛으로 그림을 그려주고, 어떤 가로등은 힘이 될 말을
보여주기도 합니다.
몇 년 전부터 이런 가로등들이 많아졌습니다.
우리가 가는 길을 그저 묵묵히 비춰주던 가로등이 우리를
새로운 방식으로 비춰주고, 말을 걸고, 응원도 보내줍니다.
이런 가로등을 그림자 가로등이라고 부르다는 것도
알았습니다. 육교를 건너는 사람에게 마치 꽃다발을 건네듯
장미꽃을 그려주고, '오늘은 내가 쏜다'고 유쾌한 빛을
쏘아주기도 합니다.

'엄마, 오늘도 수고하셨어요', 그런 말로 퇴근길의 엄마들을
위로해주고, '우리 딸, 우리 아들, 사랑해'하고 응원도 하고,
'오늘은 부모님께 전화하는 날'이라고 기억을
일깨워주기도 하죠.

가로등이 보여주는 뜻밖의 공연이 쓸쓸한 저녁을 채워줍니다.
색다른 가로등을 이야기하다 보니, '어린 왕자' 생각이 납니다.
어린 왕자는 하루에 1440번이나 해가 지는 별을 찾아갔었죠.
그 별에는 가로등을 켜는 아저씨가 있었습니다.
예전엔 아침에 불을 끄고 저녁에 불을 켜면 낮 시간엔 쉴 수
있었다는데, 그 별이 해가 갈수록 점점 빨리 회전하게 되어서
이제는 1분에 한 번씩 회전하는 별이 되었죠.
1분에 한 번씩 회전하는 작은 별에서 가로등을 켜고 끄느라
아저씨는 잠시도 쉴 틈이 없게 되었던 걸 기억하실 겁니다.
어린 왕자가 가로등 켜는 아저씨를 도와드리고 싶었던 것도
말이죠.

"아저씨가 쉬고 싶을 때 쉴 수 있는 방법이 있어요. 아저씨 별은
아주 작아서 세 발짝만 옮겨도 한 바퀴 돌 수 있으니 언제든지
계속 해를 보려면 아저씨는 그냥 천천히 걷기만 하세요. 쉬고
싶을 때는 걸으면 되는 거예요. 그러면 아저씨가 원하는 만큼
낮 시간이 계속될 거예요."

어린 왕자를 사랑하는 건 바로 이런 이유가 아닐까 싶습니다.
유일하게 친구가 되고 싶었던 '가로등 켜는 아저씨'를 위해서

'해를 향해 걸으면 쉴 수 있다'고 말하는 어린 왕자의 마음.
그리고 다른 사람들을 위해 묵묵히 가로등을 켜고 끄는
아저씨가 있기 때문이겠죠.
하루에 1440번이나 해 지는 것을 볼 수 있으나, 두 사람이 함께
있을 자리가 없는 작은 별. 그 별이 그리울 때가 있습니다.

가끔은 가로등 사이를 걸어서 집으로 돌아오는 우리 곁에
어린 왕자와 가로등 켜는 아저씨도 나란히 걷고 있는 건
아닐까. 그런 상상도 해봅니다. 저녁이니까요.
아름답고 고운 건 뭐든 떠올리게 되는 저녁이니까요.

달리면서 우울해하기란 어렵다

왜 그렇게 뛰어?
누군가 그에게 묻습니다.
'달리면서 우울해하기란 어려우니까'
그가 대답합니다.
정말 그렇습니다. 그가 마라톤을 하면서 깨달은 건, 뛰면서
우울해하기란 힘들다는 것이었습니다. 땀이 흐르는 만큼, 숨이
거칠어지는 만큼, 마음 안에 도사리고 있던 우울과 걱정과
슬픔이 빠져나가는 걸 느낍니다.

뛰는 걸 좋아하는 유전자는 어머니에게 물려받았습니다.
어머니는 육상부에서 탐낼 정도로 잘 뛰는 소녀였다고
했습니다. 가난했고, 여자라고 못하게 하는 일이 많았고,
감수성 여린 소녀의 마음으로 견디기 어려운 것도 너무 많아서
뛰는 것 말고는 마음을 다스릴 방법이 없었다고 합니다.
달리면서 맞이하는 바람, 달리면서 느끼는 심장 소리가 좋았고,

달릴 때의 자신이 가장 마음에 들었다고 어머니는

말씀하셨다죠.

어머니가 알츠하이머 진단을 받은 지 1년이 다 되었을 무렵,

그는 어머니께 달리던 기억을 일깨워드리고 싶었고,

어머니와 함께 뛰어보기로 했습니다.

믿어지지 않겠지만, 우리나라에는 거의 주말마다 어디에선가

마라톤 대회가 열리고 있습니다.

그는 매 주말 마라톤 대회에 참가 신청을 하고, 어머니를

모시고 마라톤 여행을 떠납니다. 그러면 주중에 어머니를

모시느라 힘들었던 아내도 쉴 수 있고, 그가 운전하는 차를

타는 어머니도 아들과 함께 여행한다고 좋아하셨습니다.

열심히 달리던 시절은 또렷하게 기억하시는 어머니는 소녀처럼

행복해하시고, 그도 자기가 좋아하는 마라톤을 하러 가니 좋고,

아내에게도 휴식이 주어지니 다행이고. 모두가 행복해질 수

있는 방법을 찾아낸 자신이 가끔 대견하게 느껴졌다고 하죠.

마라톤 대회에 가면 어머니는 항상 최고령 참가자여서 특별한

환영을 받습니다.

가끔은 대회에 방해가 되지 않도록 어머니 손을 잡고 천천히

걷기만 할 때도 있지만, 대부분은 주최 측에서 더 각별히

최고령 참가자인 어머니를 챙겨줍니다.

그래서 그도 마음 놓고 마라톤을 뛸 수 있고, 어머니도
자원봉사자들과 함께 뛰는 듯 걷는 듯 행복한 시간을 보냅니다.
그는 상을 받은 적이 없어도, 어머니는 자주 최고령 참가자에게
주는 상도 받아오셨죠.
돌아오는 차 안에서 어머니는 늘 깊고 행복한 잠에 듭니다.
그러면 그는 또 그것이 감사하기도 하고, 쓸쓸해지기도 해서
우주로 떠난 비행사 같은 마음이 되곤 하죠.

'달리면서 우울해하기란 어렵다'는 말을 그는 굳게 믿습니다.
세상엔 왜 그렇게 달리는 사람이 많은지를 잘 알고 있죠.
차가 톨게이트를 빠져나올 때마다 그는 늘 주문처럼
외워봅니다. 어머니와 앞으로도 오래오래 이 마라톤 여행을
할 수 있기를 원한다고.

관심의 사각지대

어느 날 피아노를 만드는 공장에서 미니 콘서트가 열렸습니다. 그 연주회를 마련한 피아니스트 로빈 스필버그는 이렇게 말했죠. 최고의 피아노를 만드는 분들이 정작 그 피아노로 연주되는 음악을 들을 기회가 많지 않은 것이 안타까웠다고, 그분들이 얼마나 멋진 일을 하시는지 알려드리고 싶었다고. 피아노 뒤에 깃든 수고를 알아본 피아니스트의 마음이 정말 아름답습니다. 사각지대에 가려지기 쉬운 수고를 헤아리는 피아니스트라면 그의 음악도 분명 단단하고 아름다울 거라는 믿음이 생기죠. 생각해 보면 우리가 좋은 사람이라고 느꼈던 이들은 대부분 사각지대에 가려진 것을 볼 줄 아는 사람들이었습니다.

우리의 시야와 감각은 한정적이어서 놓치는 것들이 많은데, 어떤 사람들은 그렇게 놓치는 것이 많다는 걸 인정하는 것에서부터 남다른 걸음을 내딛기 시작하죠. 내가 못 본 것이 있을 거야, 미처 헤아리지 못한 것이 있을 거야, 생각하면서 주변을 한 번 더 돌아보고 한 번 더 생각합니다. 그런 과정이 쌓이다 보면 사각지대 너머에 방치되던 것이 조금씩 보이기 시작하고, 이 피아노가 어디에서 왔는지, 누구의 수고가 깃들어 있는지. 보다 근원적인 생각에 이르게 되겠죠. 100퍼센트 다 볼 수는 없다는 한계를 깨달으면 비로소 시작되는 노력이 있습니다. 사각지대가 언제나 존재하니 더 신경 써서 운전하려는 노력이 시작되고, 인식의 사각지대가 있을 수도 있으니 내 생각이 너무 편협한 것은 아닌가 돌아보게 되고, 내가 틀릴 수도 있다고 생각하게 됩니다.

보살핌의 사각지대가 있으니 우리가 미처 손을 잡아주지 못한 사람이나 혼자 울고 있는 사람이 있을 수도 있습니다. 불완전한 시야와 감각으로 살아가지만 그래서 성장하고 발전할 수 있다는 것도 느낍니다. 우리에게 부족한 모든 것을 잘 다루면 우리를 단련시키는 힘이 된다는 것도 새삼 깨닫습니다.

한 해가 지나간다는 것이 시야가 넓어졌다는 것과 동의어가 된다면 좋겠습니다. 그래서 마음의 사각지대, 기억의 사각지대, 관심의 사각지대에 쌓인 먼지를 털어낼 수 있으면 좋겠습니다.

먼 길

얼어붙은 한강 위에 철새 떼가 내려앉았습니다.
날이 저물 무렵에 어디론가 날아가는 철새 떼를 볼 수도 있죠.
빌딩으로 가득한 도시에서도 새가 날아가는 하늘이 펼쳐지는
건 참 감사한 일입니다.
날아가는 새를 보면서, 저 날개처럼 나를 어딘가로 데려다 줄
무언가가 있으면 좋겠다, 생각하기도 합니다.

철새에 대해서 제대로 알기 전에는 '새들은 참 좋겠다',
'저 날개로 부드럽게 하늘을 날아 먼 곳까지 가니 참 좋겠다'.
생각했습니다.
몇몇 다큐멘터리와 책과 영화를 통해서 철새들의 이동이
사실은 목숨을 건 이동이라는 걸 알게 됐습니다.
피할 곳도 없는 하늘 위에는 언제나 더 강한 새들이 노리고
있고, 철새들은 때로 에베레스트도 넘어야 한다는 것도
알았습니다.

새들이 견뎌야 할 바람의 저항은 우리가 상상할 수도 없을
정도라는 것도 알았죠.

철새 중에서도 도요새 종류는 정말 먼 길을 날아갑니다.
'큰뒷부리도요새'는 알래스카에서 뉴질랜드까지 만 킬로미터가
넘는 거리를 쉬지 않고 날아간다고 하죠.
연약한 날개를 가진 황제 제비나비도 바다를 건너 날아갑니다.
날개를 가진 생물만 먼 길을 가는 건 아닙니다.
혹등고래도 알래스카를 떠나 4천 킬로미터 이상을 헤엄쳐
하와이의 마우이섬 가까이 가서 겨울을 나고,
연어도 먼먼 길을 헤엄쳐서 태어난 곳으로 돌아오죠.
낙타가 주로 하는 일도 먼 길을 가는 겁니다. 먼 길을 가기 위해
긴 속눈썹과 투박한 발과 혹을 가지게 되었죠.
멀리 가기 위해선 천천히 가야 한다는 걸 낙타로부터 배웁니다.

날개가 없고, 헤엄칠 지느러미와 꼬리가 없을 뿐
우리도 먼 길을 갑니다.
이곳에서 저곳으로 날아가고 헤엄치는 먼 길이 아니라,
아무리 걸어도 늘 그 자리인 것 같은, 이상하고도 외로운
먼 길을 가고 있죠.

성장이라는 먼 길,

후회와 아쉬움이라는 먼 길,

슬픔이라는 먼 길,

다시 집으로 돌아오기 위한 먼 길,

나에게로 돌아오기 위한 먼 길.

먼 길을 가느라 애쓰는 나 자신에게,

나와 함께 먼 길을 가느라 애쓰는 사랑하는 사람들에게

오늘은 특별히 더 깊은 마음을 담아

애썼다고, 고맙다고 인사를 전하고 싶습니다.

액자를 걸면

이사를 자주 다녀야 했던 친구가 있습니다.
2년에 한 번씩 이삿짐을 꾸린다는 건 쉽지 않은 일이고,
서글픈 일이기도 하죠.

그 친구가 소중하게 여기는 것이 두 가지 있는데 하나는
의자고, 하나는 그림 액자입니다. 의자는 자신의 몸에 잘
맞는 걸 어렵게 찾아냈고, 자신이 지닌 가구 중에 가장 큰
비용을 지불한 것이기 때문에 당연히 소중하면서 중요하다고
했습니다. 소중하지만 중요하지 않은 것도 있고, 중요하지만
소중하지는 않은 것도 있으니. 친구의 그 말이 무슨 뜻인지
이해가 됐습니다.

그림이 담긴 액자를 소중하게 여기는 이유는 그림을 한 점 벽에
걸면 공간이 달라진다는 걸 알기 때문이라고 했습니다.
낯선 곳으로 옮겨 다니는 불안함과 쓸쓸함은 생각보다 큰데,

낯선 집의 벽에 익숙한 액자를 걸면 그 공간이
‘나의 공간’이라는 위로와 안정감을 얻게 된다고 하더군요.
그림에, 액자에 그런 힘이 있구나, 새삼스럽게 알게 되었습니다.
세상의 많은 방에, 많은 벽에 액자가 걸려 있는 이유를 알 것
같습니다.

내 마음에 든 그림이나 사진을 걸면 그 벽은
‘나의 벽’이 됩니다.
‘내가 있다’는 확인 같은 것, ‘나의 정서적 삶이 있다’는
확인 같은 것이기도 하겠죠.

하루에 적어도 한 번은 물끄러미 바라보게 되는 벽.
나는 왜 저 액자를 벽에 걸었을까,
나의 벽에는 어떤 이야기가 걸려 있을까,
벽에 걸어둔 삶의 한 장면을 돌아보는 저녁입니다.

짐작과는 다른 일

사막을 여행하고 온 친구가 있습니다.

사막 여행을 했다니 덥고 힘들었겠다는 생각이 먼저 들었고,

그다음엔 밤하늘을 빽빽하게 채운 별들을 보면서 행복했겠다,

부러운 마음도 들었죠.

사막 여행은 물론 쉽지 않았다고 합니다.

더위보다 더 힘든 건 끊임없이 달려드는 파리떼였다고 합니다.

자신들도 힘들었지만 낙타는 정말 불쌍할 정도로 파리에

시달리고 있어서, 자신들이라도 낙타를 괴롭히지 말고

걸어야겠다고 생각했답니다.

짐작과는 다른 사막 여행 이야기가 흥미로웠습니다.

언젠가 마림바 앙상블의 연주를 본 적이 있는데,

양손에 채를 든 연주자의 팔이 무척 아프겠다는 생각이

들었습니다.

그런데 어느 인터뷰를 보니, 마림바 연주자들은 팔이 아니라

다리가 더 아프다는 의외의 이야기가 실려 있었습니다.
악기의 특성상 서서 연주를 해야 하는데, 연주가 끝나면
팔보다는 다리가 몇 배나 더 아프다고 하네요.
아이들이 없는 순간을 한 시도 상상할 수 없을 것 같은
엄마들에게 가장 행복한 순간을 설계해 보라고 하면
'혼자 떠나는 여행'이나 '혼자 아무것도 하지 않고 가만히 있는
시간'을 꼽는 경우가 많다고 합니다.
엄마만 그럴까요?
엄마 없이는 한순간도 보낼 수 없을 것 같은 아이들도
의외로 혼자서 보내는 시간을 즐긴다고 합니다.

짐작과는 다른 일이 세상엔 정말 많습니다.
고슴도치처럼 뾰족한 사람에게서 의외로 여린 모습을 발견할
때가 있고, 로맨스 장르일 것 같았는데 호러물인 경우도 있고,
쉽게 해결날 것 같지만 의외로 어렵고 시간이 많이 필요한
일도 있습니다.
열심히 호랑이를 그렸는데 결과물은 고양이인 경우도 있겠죠.
짐작과는 다른 일들이 있어서 사는 게 문득 재미있어지고,
반전의 즐거움과 긴장감이 생기기도 합니다.
짐작과는 다른 고충을 들으면서 우리가 몰랐던 것을

하나씩 알아가고 이해가 깊어지기도 하겠죠.

어쩌면 오늘도 우리가 짐작하는 것과는 다른 일을
하나쯤 겪었을지도 모릅니다.
즐거운 발견이든 쓸쓸한 발견이든
우리가 짐작했던 것과는 다른 일들이
우리를 한 뼘 더 자라게 할 거라고 믿습니다.

감정의 레벨

만약 힘든 시기를 지나고 있다면, 그 괴로움이나 마음의 통증을
숫자로 바꾸어보는 것도 도움이 된다고 합니다.
예를 들어 가장 덜 힘든 걸 1이라고 하고 아주 힘든 걸
10이라고 칠 때 나는 지금 어느 정도를 겪고 있는가,
7 정도로 힘겨운가 아니면 4 정도로 조금은 더 견딜 수 있는
상태인가, 숫자로 구체적인 감각을 느껴보는 거죠.
그렇게 고통과 감정을 숫자로 측정해 보면 자신의 상황을
객관적으로 바라보는 데도 도움이 됩니다.

음향기기의 이퀄라이저를 조절하듯 감정의 레벨도 조절할 수
있다면 금요일 저녁엔 노이즈를 좀 줄이고, 저음을 약간 키워서
부드럽고, 둥글고, 안정감 있는 마음을 만들 수 있으면
좋겠습니다. 음악을 들으며 집으로 가는 동안 숫자 7까지
치솟았던 힘겨움이 3 정도로 낮아지면 좋겠다, 그런 기대도
품어봅니다.

뺄셈을 하는 저녁

저녁이 오면 모든 상점의 간판이 켜집니다.
그런데 한 편의점의 간판이 고장 나서 상호의 맨 앞 글자가
계속 꺼져 있습니다. 주인이 간판을 수리를 하려고 보니
간판의 첫 글자 위에 제비가 집을 지은 것이 보였습니다.
간판은 고쳤지만 그 첫 글자는 여전히 불이 들어오지 않습니다.
편의점 주인은 제비집을 없애고 간판을 고치려던 마음을 접고,
앞의 한 글자가 빠진 간판을 그대로 사용하기로 했다고 합니다.
한 글자가 빠진 채 켜진 편의점 간판을 이상하게 생각했던
이용자들은 제비집 때문에 그렇게 되었다는 사연을 듣고
그 편의점을 응원하기 시작했다죠.
이 소문이 퍼져서 멀리 있는 사람들도 일부러 제비집을 보려고
이 편의점을 찾았답니다. 한 글자가 빠진 이상한 간판을 가진
이 편의점은 졸지에 지역의 명소가 되었다고 하네요.

하나쯤 빠져 있는 것이 사랑의 마음일 수도 있습니다.

하나쯤 빠져 있는 건 잘못되거나 나쁜 일이 아니라,
제비집을 지키려는 마음처럼 무언가를 지키려는 마음이거나
얼마든지 할 수 있지만 그렇게 하지 않으려는 마음일 때가
많기 때문입니다.

마을버스에서 한 획이 떨어져 나가면 '가을버스'가 되는 것처럼
한결 가벼워지고 애틋해지는 것들이 있습니다.
더하기를 하며 살고 싶지만, 사실 우리 마음이 편안하고
행복해질 때는 언제나 뺄셈을 할 때였던 것 같습니다.
한 손가락 접으면 조금 더 홀가분해지고,
한 욕심 접으면 훨씬 더 편안해지고,
한 생각 접으면 훨씬 더 가벼워지곤 했죠.

저녁에 집으로 가는 길엔 뺄셈을 잘 활용해 보시기 바랍니다.
지워지고 떨어져 나간 것을 금방 채우려는 마음보다는
그 빈자리를 잠시 즐겨보는 것도 좋겠죠.
기대도 조금 접고, 욕심도 한줌 넣어두고,
무엇무엇을 해야 한다는 강박도 서랍에 꽁꽁 넣어두고,
더 많이 사랑하겠다는 마음보다 더 오래 사랑하겠다는 마음을
옆에 끼고 집으로 갈 수 있기를 바랍니다.

눈을 마주치면

눈을 마주친다는 건 굉장한 일입니다. 낯선 사람과 잠깐 눈을
마주쳤을 뿐인데, 그 눈빛에서 설렘이나 감동 혹은 미움을 읽을
때가 있습니다.
소설이나 영화 속에서도 관계가 소원해졌을 땐 눈을 마주치지
않는 것으로 그 상황을 표현할 때가 많습니다.

얼마 전에 할머니를 만나고 온 한 친구의 이야기가 떠오릅니다.
큰아버지를 따라서 다른 나라로 이주하신 할머니를 만나러
갔는데 할머니는 여전히 혼자 잘 움직이시고, 식사도 직접
만들어주실 만큼 건강하셨다고 합니다.
그런데 어느 날은 예전엔 넣지 않던 재료를 넣으시기도 하고,
음식 맛도 예전에 할머니가 만들어주시던 것과는 좀
다르더라고 합니다. 그래도 맛있게 먹었다고 합니다.
할머니가 해주신 거니까요.
식사를 마친 뒤에 할머니께서 물어보셨다고 합니다.

“왜 나를 한 번도 보지 않니? 할머니가 늙어서 보기가 싫으니?”

사실 친구는 할머니를 만나는 첫 순간부터 이상하게
눈을 마주칠 수 없었다고 합니다.
눈을 마주치면 눈물이 쏟아질 것 같아서.
눈앞에 계신 할머니와 이야기도 할 수 있고, 껴안을 수도
있는데, 눈을 마주치면 감정이 다 쏟아질 것 같아서
힘들었다고 했습니다.
눈을 마주친다는 것은 그런 일이구나,
친구와 할머니 이야기를 들으며 새삼 생각했습니다.

눈을 마주치며 살아온 사람들, 그 눈빛에 오늘은 어떤 마음이
담겨 있는지 다른 날보다 좀 더 깊이 바라보시기 바랍니다.

혓바늘 돋는 시간

겨울에서 봄으로 넘어가기 전에 많은 사람이 한 번씩 몸살을
앓습니다. 혓바늘이 일기도 하고, 감기가 아닌데도 몸에 한기가
느껴지는 증상도 겪죠.
그건 다음 계절을 준비하는 자연적인 반응이라고 합니다.
때로는 한번 앓고 나서 묵은 계절을 툭툭 털어버리는 것이
차라리 낫다고 말씀하시는 의사 선생님들도 있습니다.

계절이 바뀔 때 몸이 반응하는 것처럼,
삶의 힘든 시간을 지날 때에도 우리 마음이 반응합니다.
그런데 그 반응은 가장 힘겨운 시기를 지날 때 오는 것이
아니라고 하죠.
꼭대기의 시간을 지난 다음 조금은 나를 뒤돌아볼 여유가
생겼을 때, 그때 미뤄두었던 마음의 상처와 통증이 나타날 때가
많다고 합니다.
슬럼프도 그렇습니다. 막상 슬럼프를 지날 때는 수습하고

헤어나오느라 잘 몰랐다가 큰 파도가 지나간 다음에야
내가 그런 시간을 지나왔구나, 그 실체를 보며 앓는 경우가
많습니다.
상처와 통증이 흔적없이 지나가버릴 때도 있겠지만 대개는
채석강 편마암처럼 마음에 차곡차곡 쌓일 때가 많은 거죠.
나에겐 사춘기가 없었다고 말하던 사람들이 뒤늦게 더 지독한
사춘기를 경험하는 것처럼, 삶에선 일정 부분 겪어내야 할
일들이 있습니다.

다음 계절로 가기 위해선, 다음 과정의 삶으로 가기 위해선
얼마쯤 견뎌야 할 몸살이 있고, 열이 오르는 시간이 있고,
혓바늘 돋는 시간이 있고, 뒤늦게 발견하는 흉터도 있습니다.
아주 많이는 말고, 예방주사를 맞듯 조금씩 겪으면서
꽃 피는 봄도, 마음의 봄도 맞이하면 좋겠습니다.
억지로 나를 어딘가로 밀고 가려 하기보다는 감기가 낫기를
기다리듯, 혓바늘이 잠잠해지기를 기다리듯 잘 겪고,
잘 기다리고 싶습니다.

우아한 배짱

90년의 세월을 살아내신 어른이 젊은이들에게 이런 말씀을
전해주셨습니다.

"예전에 나에겐 아름다운 접시와 꽃병이 가득 있었어요. 젊었을
땐 그걸 갖는 게 그렇게 중요했는데, 돌아보면 최고로 예쁜
접시와 꽃병을 갖추는 게 뭐 그리 중요했나 싶어요. 그런 것에
인생을 낭비하지 마세요. 중요한 건 돌아올 수 있는 아늑하고
편안한 집이 있다는 것, 쓸데없는 것들에 너무 현혹되지
마세요."

90세 할머니의 말씀을 들으니 저절로 '그러게요'라는 답장을
쓰고 싶어집니다.

그러게요, 우리는 왜 접시와 꽃병 같은 것에, 금방 질리고 어디
두었는지 기억도 하지 못할 물건에 많은 시간과 마음을 쏟는
걸까요? 그런 것이 없어도 삶은 반짝이는 데 말이죠.

이제 계절이 바뀔 무렵이어서 눈 닿는 곳에 가을 옷과
가을용품 광고가 한가득입니다. 계절이 바뀌면 유행도 바뀌고,

새로운 것에 관심도 가죠. 뭔가 심기일전하게 해줄 사물이
필요하다는 생각도 물론 합니다. 더 많이 가지면 행복해질
거라는, 끊임없는 유혹에 흔들리죠. 하지만 소유하는 모든 것엔
반드시 그 소유의 대가도 따라온다는 걸 우리는 경험으로 알고
있습니다.

언젠가 한 이탈리아인 친구가 흥미로운 말을 했습니다. 정말
멋진 물건들이 내 집이 아니라 미술관에, 박물관에, 혹은
상점의 쇼윈도에 있는 것을 기쁘게 생각한다고 말이죠.
내 집에 있지 않아도 원할 때 원하는 만큼 볼 수 있어서 좋고,
자신 대신 미술관과 박물관과 상점의 주인들이 관리하느라
시간과 비용을 쓰는 것이 미안하다고 했습니다. 그렇게 말할 수
있는 우아한 배짱과 신선한 사고방식이 흥미롭죠?
곧 쓸모를 잃어갈 물건에 인생을 낭비하지 말라는 90세
어른의 말씀을 자주 기억해야겠습니다. 굳이 내가 고생스럽게
소유하는 대신 미술관이나 상점에 맡겨둔 것처럼 자주 보러
간다는 이탈리아 친구의 말도 자주 기억하력 합니다.

가을의 옷장 대신 가을의 책장과 가을의 경험을 채우고,
20년 넘게 사용한 투박한 머그잔에 커피를 만들면서 아늑한
집으로 돌아온 기쁨을 자주 누려봐야겠습니다.

달의 뒷면에는

슈뢰딩거 계곡, 치올콥스키 크레이터, 실라르드 엠 크레이터
이 독특한 이름들은 어디에 있는 지명일까요?
1959년에 달 탐사선이 도착하기 전까지는 인류가 한 번도
본 적 없었던 '달의 뒷면'의 지명들입니다. 달의 자전주기와
공전주기가 같아서 늘 달의 앞모습만 보았던 인류는 20세기
중반이 되어서야 상처투성이 달의 뒷면을 볼 수 있었죠.

은은한 달빛에 가려진 상처투성이 달의 뒷면처럼
화려한 무대 뒤에는 얼기설기 기대고 있는 세트장 뒷면이 있고,
오후의 먼지가 내려앉는 커튼의 뒷면도 있습니다.
마음의 뒷면은 어떨까.
괜찮을 거라고 생각하지만 사실은 괜찮지 않은 순간이 더
많을지도 모르는 마음의 뒷면을 보살피는 일은 중요합니다.
울퉁불퉁한 마음의 뒷면이 애써 지탱하고 감당해준 덕분에
무사히 한 주를 마감하는 건지도 모릅니다.

눈치를 보다

한국어를 능숙하게 하는 외국인이 많습니다.

나이를 물어보면 '계란 한 판'이라고 대답하는 사람도 있고,

'삼겹살엔 소주'라고 외치는 외국인도 있죠.

한국어를 배우는 외국인들이 흥미롭게 생각하는 한국어가 몇

가지 있는데, 그중에는 '눈치'라는 말도 있다고 합니다.

눈치를 본다, 눈치를 주다, 눈치를 채다.

이 '눈치'라는 미묘한 단어의 뜻과 감각을 다 알아차릴 수

있다면 한국어를 마스터했다고 봐도 좋을 겁니다.

외국에서는 '눈치'라는 단어를 이렇게 분석합니다.

"눈치란 조용한 관찰을 통해 주변의 사람들과 공간의 분위기를

확인하는 미묘한 예술이라고 할 수 있다."

눈치가 미묘한 예술의 경지까지 승화되었다니, 흥미롭네요.

'눈치'를 영어로 번역할 때는 'sense'라는 단어를 쓰기도 하고,

때론 'wit'로 쓸 때도 있습니다. 그 외 다양한 번역들이 있는데

상황에 따라서는 'reading the room'이라고 번역한다죠.
'눈치'라는 단어 하나가 참 많은 걸 품고 있다는 걸 외국어
번역을 통해 배웁니다.
어떤 작가는 문학을 '눈치를 챙기는 공부'라고 표현합니다.
작품 속 등장인물의 심리와 감정을 이해하고 공감하는 과정을
'눈치를 챙기는 공부'라고 표현했는데, 고개를 끄덕이게 됩니다.

한국인의 '눈치'를 외국에서 흥미롭게 바라본다는 건
그것이 우리 사회의 특이함을 반영하기 때문일 겁니다.
우리는 눈치 빠르게 상황을 파악하고 대비하면서 성장해왔고,
눈치껏 살아남았으며, 눈치 없이 끼어드는 사람들을 싫어하고,
성장과 결과 위주로 살다 보니 지나치게 눈치를 보는 후유증을
얻기도 했죠.

하지만 여전히 주변의 사람들을 헤아리는 '눈치'는 소중합니다.
눈치껏 부모님 마음을 헤아리고, 아버지 때문에 화난 어머니
마음도 풀어드리고, 주눅 든 아버지 어깨 펴시라고 용돈도
드리고, 유독 지쳐 보이는 친구를 눈치껏 웃게 해주기도 해야
하죠.
그럴 때의 '눈치'란 엽렵한 마음 씀씀이가 되고, 배려가 됩니다.

또한 여전히 '눈치 보지 않고 사는 일'도 중요합니다.
세상의 눈치를 보지 않고 자신의 길을 가는 뚝심도 있어야
하고, 거칠고 배려 없는 사람들 사이를 눈치 보지 않고
지나가기도 해야 하죠.

눈치 빠른 사람들이 성공하는 것 같아도, 결국은 눈치 보지
않고 살아낸 사람들이 웃게 된다는 것도 꼭 기억하기를
바랍니다.

잘하지 않아도 괜찮아

수영을 배우는 목적이 수영을 잘하는 것만은 아닌
사람들이 있습니다. 그림을 배우는 목적이 그림을 잘 그리는
것이 아닌 사람도 있죠.
그들의 목표는 수영을 통해서,
그림을 통해서 인생을 즐기는 것.
그러니 잘하지 않아도, 눈부시게 발전하지 않아도 좋습니다.

뭐든 잘해야 한다고 생각하지만
이 순간을 충만하게 누리는 것이 훨씬 더 중요합니다.
집과 일터 사이엔 긴장할 일들이 수두룩하지만
금요일의 일과가 마무리될 때만이라도
'잘해야만 한다'는 부담감에서 벗어나기를 바랍니다.

잘하기 위해서가 아니라 행복하기 위해서,
한 번뿐인 이 삶을 꼭 껴안는 저녁이 되기를 바랍니다.

영수증 사용법

오랜만에 낯선 도시를 잠시 다녀왔습니다.

늘 다니는 길이 아닌 곳을 달리는 것만으로도 기분이 좋았죠.

자신만의 레시피로 건강한 식사를 내어주는 식당에서

밥을 먹고, 차를 마실 적당한 곳을 찾으려고 골목을 조금

걸었습니다.

그러다가 골목에 숨어 있는 작고 예쁜 책방을 발견했는데,

『이처럼 사소한 것들』 같은 요즘 주목받는 책들과

독립출판물, 그리고 그림책을 고르게 취급하는 책방이었죠.

책을 읽는 사람들이 사라지고 있다는데,

신기하게도 그 작은 책방엔 사람들이 많이 드나들었습니다.

벽에 걸린 게시판을 보니, 마치 마을이 함께 꾸려가는 학교처럼

좋은 수업이 매일 진행되고 있었고, 주변의 이웃들과 함께 하는

의미 있는 일들이 꾸준히 이어지고 있다는 걸 알 수 있었죠.

큰 서점의 책장만 보다가 작은 공간에 아기자기하게 큐레이션

된 책들을 보니 사고 싶은 책이 훨씬 눈에 잘 들어왔습니다.
오랜만에 책을 여러 권 샀고, 괜히 흐뭇했습니다.
책값을 계산할 때 책방 주인은 '영수증 드릴까요?'하고
물었습니다. 의례적으로 묻는 것이 아니라
'영수증을 받으시면 뭔가 재미있는 일이 생길 걸요?'하는
표정으로 묻는 것 같았죠.

그 영수증, 안 받았으면 섭섭할 뻔했습니다.
영수증 아랫부분엔 이 동네의 숨은 맛집과 명소에 관한
깨알 같은 정보가 새겨져 있었습니다.
이 동네에서 가장 맛있는 밥집, 가장 연세가 높은 어르신이
운영하시는 최고의 만두집, 커피가 맛있는 카페, 풍경이 좋은
카페, 책 읽기 좋은 카페와 전망대 등이 재치 있는 문장과
더불어 새겨져 있었죠.
소개된 공간은 자신이 직접 가본 곳이니 믿어도 좋다는
설명까지 곁들여져 있었습니다.
영수증을 그렇게 쓸 수 있다는 것도 처음 알았지만,
누군가를 배려하는 마음이 없었다면 영수증을 이렇게 사용하지
않았겠지요. 영수증 때문에라도 책방은 다시 한번 오고 싶은
곳이 되었습니다.

어떤 사람들은 고생하는 일인 줄 알면서도 시작을 합니다.

예상된 고생을 예상대로 하면서, 자기만의 방식으로

기꺼이 감당합니다.

이런 사람들이 많다는 건 그 사회의 모세혈관에 피가 돌기

시작했다는 뜻이고, 곧 그 사회가 따뜻해질 거라는 신호겠지요.

꿈은, 그 꿈이 실현될 때까지 꿈꾸는 사람을 가혹하게

다룬다는데, 그래도 꿈을 꾸는 분들이 더 많아지면 좋겠습니다.

그분들보다 용기가 한참 부족한 우리도 그 곁에 세 들어서

모세혈관까지 싱싱한 감동을 전달받을 수 있게 말이죠.

공원에 또 가면 된다

책을 펼치면 첫 글자부터 마지막 글자까지 완벽하게 정독하는
사람들이 있습니다. 또 누군가는 목차를 보고, 관심 있는
페이지를 펼쳐서 읽고, 마지막에 서문을 읽고, 다 읽었다고
하기도 하죠. 여기저기 손닿는 모든 곳에 책을 놓아두고,
띄엄띄엄 책을 읽는 사람도 있습니다.
여러분의 독서는 어떤 모습일까요.

작가들은 좋은 독서법에 대한 질문을 자주 받습니다.
책을 처음부터 끝까지 다 못 읽었는데, 그래도 그 책을 읽은
책으로 여겨도 되느냐는 질문도 받는다고 하죠.
대부분의 작가들은 이렇게 말합니다.
책을 읽는다는 건 그 안의 모든 글자를 읽는 것이 아니다,
밑줄을 치며 읽는 페이지도 있지만 건너가는 페이지도 있다,
모든 순간을 최선을 다해 살 수 없는 것처럼
책 속의 모든 글자를 읽고 기억해야 하는 건 아니라고 말이죠.

그런 의미에서 작가 김영하의 대답은 무척 매력적입니다.

그는 '독서란 공원을 산책하듯 하는 것'이라고 말하죠.

완독을 하지 못하면 그 책을 읽었던 시간들은 의미가 없어지는 것일까, 뉴욕을 2박 3일 동안 여행하면 뉴욕의 아주 일부만 보는 것인데 그러면 의미가 없을까, 어떤 사람을 이십대에 만나 오 년 동안 사귀면 어린 시절을 모르니 의미가 없을까, 반문합니다. 마지막 페이지까지 읽고 책장을 덮는 순간 많은 사람이 책의 내용 대부분을 금방 잊어버린다고 하죠. 그러니까 완독에 큰 의미를 둘 필요는 없다는 말입니다. 철학자 김정운 교수도 책은 원래 편집하듯 읽는 것이라고 말합니다.

책은 공원을 산책하듯 읽는 것, 읽다가 궁금한 것이 있거나 잊어버린 것이 있다면 그 공원에 또 가면 됩니다.

가볍게 읽고, 건너 뛰면서도 읽고, 덮어두었다가 어느 날 문득 다시 읽기도 하고, 때론 징검다리처럼 띄엄띄엄 놓인 기억들을 연결해보기도 하고.

독서든, 일상의 크고 작은 일이든 꼭 하나의 방식만 있는 건 아닙니다. 내 마음이 가는대로, 뭐든 내가 편안한 방식으로 다가가는 것이 가장 좋습니다.

내 인생이니까요.

1등 없는 2등처럼

음악 경연대회에서는 가끔 1등 없는 2등이 나올 때가 있습니다.

그때의 2등은 1등일까, 2등일까,

1등 없는 2등이 된 기분은 좋을까, 아쉬울까 궁금합니다.

인생에서 1등을 해본 경험이 없는 사람이 절대다수인데도

세상은 늘 1등만 기억한다고 우리를 등 떠밀죠.

만약 아주 탁월한 능력이 나에게 주어진다면

'1등 없는 2등'처럼 내내 살고 싶습니다.

한 뼘 더 나갈 수 있는 자리도 남아 있고,

굳이 더 나가지 않아도 상관없다는 여유도 있을 것 같아서

말이죠.

그런 '한 뼘'이 우리 삶에 존재하면 좋겠습니다.

띄엄띄엄

지하철이 왔습니다. 종점이라서 다 비어 있는 지하철에
사람들이 탑니다. 신기하게도 출입문 바로 옆, 기댈 수 있는
금속의 팔걸이가 있는 자리부터 채워지죠.
그리고 한 칸 띄우고 그 옆에 다른 사람이 앉습니다.
어느 칸이나 거의 예외가 없습니다.

친구거나 가족이 아닌 이상 사람들은 그렇게 띄엄띄엄 앉고
반쪽이라도 혼자의 공간을 확보할 수 있는 구석에 앉죠.
옆자리에 낯선 사람이 앉고, 모르는 사람들과 부대끼고 가야
하는 상황에선 누구나 최대한 신체 접촉이 덜한 자리를 원하기
마련입니다. 그래서 심리적 부담이 가장 적은 자리, 내릴 때도
가장 빨리 내릴 수 있는 출입문 바로 옆을 택하는 거라고
하네요. 서서 가는 사람들도 예외 없이 출입문 바로 앞에
서려고 하는데, 이 모든 것이 다 문화인류학적인 선택이라고
학자들은 말하더군요.

주어진 상황 속에서 조금이라도 더 안락하고 사적인 영토를
만들어보려는 본능이 작동하고 있다는 거죠. 엘리베이터를
타는 몇 초의 시간에도 어김없이 그 문화인류학적인 선택은
작동된다고 하네요.

『약간의 거리를 둔다』는 책 제목처럼, 사람과 사람 사이에는
적당한 거리가 필요합니다. 모르는 사람들과도 문화인류학적인
거리가 필요하지만 친숙한 사람들 사이에서도 적당한 거리가
필요합니다. '적당한'이라고 모호하게 표현된 거리감을 익히는
데 평생이 걸리죠. 가까워져야 할 때 다가가지 못해서 소중한
사람을 놓치고, 거리를 좀 두어야 할 때를 알아차리지 못해서
상처를 주고받기도 합니다.

요즘엔 '띄엄띄엄'이라는 말을 자주 생각합니다.
띄엄띄엄 만나고, 띄엄띄엄 앉고, 띄엄띄엄 그리워하고.
그렇게 띄엄띄엄 지내다 보면 적당한 거리감이 익혀지지
않을까요.
조바심 내지 않고, 초조해하지 않고, 띄엄띄엄 가다 보면
서로가 편안해지는 어느 지점에 이를 거라고 믿습니다.

소음과 여운

일에 집중해야겠다고 생각하면서 노트북을 들고 집을
나섭니다.
도서관으로 가는 걸까요? 아닙니다. 적당한 소음이 있고,
커피향이 은은하게 맴도는 곳, 의자가 살짝 불편하지만 구석진
자리가 마음에 드는 카페로 갑니다.

옆 테이블 사람들이 떠들고 음악은 취향에 맞지 않지만,
괜찮습니다. 카페 안의 소음이 일하는 데 크게 방해가 되지는
않습니다. 주변의 다정한 소음 속에서 해야 할 일에 몰두하고
있는 사람들의 모습이 늘 신기하게 느껴지곤 합니다.
소음 없는 고요한 세상을 원한다고 하지만, 어쩌면 그 소음
없는 세상에도 적당한 소음은 포함되어 있는 것이 아닐까,
싶습니다.

실제로 소음이 창의력에 도움이 된다는 연구 보고서도 있다죠.

너무 조용한 공간은 사람을 불안하게 하거나 긴장하게 만들기
때문에 적당한 소음이 편안함을 줄 수 있다고 하네요.
이런 연구에 착안해서 소음을 들려주는 어플을 만든 사람도
있더군요. 이 어플 사용자를 분석해 봤더니 주로 대도시에 사는
사람이 많았다고 합니다.

너무 조용한 곳에선 일을 못하는 사람, 도서관은 좋지만
도서관의 정적은 참기 어려운 사람, 침묵이 불편해서 업무에
집중이 잘 안 되는 사람들이 어플에서 제공하는
카페의 소음이나 바람에 스치는 나뭇잎 소리 같은 것을
틀어놓고 일한다고 합니다.

언젠가 베테랑 간호사가 아기들의 울음을 금방 그치게 하는
영상을 봤습니다.
불안해서 우는 아기에게 간호사는 비닐봉지를 가져와
귓가에 바스락거리는 소리를 들려주었는데,
신기하게도 아기들은 금방 울음을 그치더군요.
어머니 뱃속에선 늘 그런 소음이 들렸던 걸 아기들이 기억하는
거라고 하던데, 정말 신기한 장면이었습니다.

냉장고 돌아가는 소리, 멀리 지나가는 자동차 소리,

그 여운…….

라디오를 늘 배경음악으로 틀어놓았다는 화가 뭉크 생각,

그리고 파도 소리가 들리는 48분짜리 영상을 늘 틀어놓고

일한다는 친구의 이야기.

일상의 소음은 없애야 하는 것이 아니라 조용한 친구 사귀듯

대해야 하는 걸 깨닫습니다.

생각나는 문서

지난 10년 사이에 지구는 10퍼센트 정도 더 밝아졌다고
합니다. 가로등이 대부분 LED로 바뀌면서 지구는 더
빛나는 별이 되었죠.

날이 어두워지고 지구에 환하게 불이 켜지는 시간이 되면
생각나는 '문서'가 있습니다.
'생각나는 문학작품'이 아니라 '생각나는 문서'라는 것이
흥미롭죠? 바로 미국의 항공우주국 NASA에서 작성한 우주와
우주인, 우주비행에 관한 문서입니다.
문서에 적힌 온갖 다양한 보고와 기록 중에는 우주정거장에
체류하는 우주인들의 심리에 관한 것도 있는데
'우주정거장에서 지내는 우주인들에게 가장 즐거운 일은
지구의 밤 풍경을 바라보는 것'이라는 대목이 있다고 합니다.

우주에서 바라보는 푸른 지구가 반짝이며 빛나는 걸 바라보는

일은 정말 아름다운 선물일 겁니다.

그건 고된 훈련과 온갖 두려움을 이겨낸 우주인들만이 누릴

수 있는 기쁨이겠죠. 물론 우리도 지구의 야경을 사진으로 볼

수는 있지만, 실제로 우주에서 보는 것과는 어마어마한 차이가

있겠죠.

시스티나성당의 천장화를 사진으로 보는 것과 바티칸에 가서

직접 보는 것의 차이만큼이나 클 겁니다.

'우주정거장에서 지내는 우주인들에게 가장 즐거운 일은

지구의 밤 풍경을 바라보는 것이다.'

보고서라기엔 너무 아름다운 이 이야기를 가끔

떠올려봐야겠습니다.

여기 말고 어디 먼 곳이 그리운 날에……

사이프러스를 좋아하는 이유

사이프러스 나무가 있는 풍경을 보면 언제나 눈도 시원해지고 마음도 시원해 집니다. 하늘로 쭉 뻗은 나무의 자태 때문이기도 합니다. 마흔 살부터 그림을 그리기 시작했다는 헤르만 헤세의 수채화 작품을 좋아하는데, 헤세의 작품에도 사이프러스 나무가 그려져 있어 더 좋아했던 것 같습니다.

〈투스카니의 태양〉이나 〈글래디에이터〉 같은 영화에서 본 것처럼 이탈리아의 토스카나 지방에는 사이프러스 나무를 길에서 대문까지 심어놓은 집들이 많습니다.
밭과 밭 사이의 경계를 사이프러스 나무로 구분한 곳도 있죠.

토스카나에 유독 사이프러스 나무가 많은 건 이유가 있습니다.
토스카나의 흙에는 점토 같은 성질이 있어서,
사이프러스 나무처럼 뿌리를 깊이 내리는 나무를 심어야
흙이 무너지지 않기 때문입니다.

우리는 곧게 솟아오른 자태가 아름다워서 사이프러스 나무를
좋아했지만, 땅속에 강하게 뿌리를 내리고 흙을 단단하게
다지는 나무라는 걸 알게 되니 사이프러스가 더 좋아집니다.
빈센트 반 고흐도 사이프러스를 좋아했습니다.
고흐는 사이프러스 나무를 '뾰족탑'이라고 불렀는데
고흐의 그림에 등장하는 사이프러스 나무는 하늘을 향해
보내는 그의 절절한 기도 같기도 하죠.

우리가 좋아하는 것, 그냥 마음이 끌리는 것에는
다 이유가 있는 것 같습니다.
사이프러스 나무의 뿌리가 하는 일을 우리는 어쩌면
본능적으로 알고 있던 건 아닐까,
아주 오래전부터 사이프러스 나무가 보이지 않는 곳까지
강인하고 아름답다는 걸 알고 있지 않았을까 짐작해봅니다.

우리가 좋아하는 모든 존재는 사이프러스 나무 같을 거라는
생각을 해 보니 왠지 마음이 든든해집니다.

직선보다 곡선

LA의 그리피스 천문대에서 내려다보는 야경은 굉장합니다.
쭉 뻗은 대로들이 질서정연하게 교차되고, 네모반듯하게 잘린
블록마다 화려한 불빛들이 가득 빛나고 있죠.
영화에도 자주 등장하는 이 야경은 마치 신의 시선으로
바라보는 세상 같습니다.
곧게 뻗은 직선이 만드는 풍경이 약간 감동적이기까지 하죠.

반듯한 직선에 대한 야망이 인류에겐 줄곧 있었던 것 같습니다.
직선은 효율적이고, 시각적으로 정리되어 있고,
차갑고 깔끔하죠. 하지만 직선은 원래 인류의 심성이나 지구의
생태와도 맞는 건 아니었다고 합니다.
둥근 지구, 울퉁불퉁한 산과 계곡, 나무들의 형상이나 바다에
이르기까지 자연계에서 원래 직선인 건 거의 없죠.
새로운 도시를 건설할 때나 도시를 재개발하는 과정,
혹은 식민지를 개척하며 땅을 나누는 과정에서 적극적으로

사용된 것이 직선의 효율성이었습니다.

스페인과 포르투갈이 남미 대륙과 아프리카 일부를 놓고
다투게 되자, 지도에 가상의 직선을 그어 서쪽은 스페인이,
동쪽은 포르투갈이 갖기로 합의했죠. 그래서 아르헨티나를
비롯한 신대륙의 대부분은 스페인이, 브라질과 아프리카
일부는 포르투갈이 지배하게 됩니다.

직선이 만든 충격적인 장면은 영화 〈미션〉에 잘 담겨 있습니다.
과라니족에게 가해진 잔인한 폭력은,
결국 지도 위에 불과 몇 센티미터의 직선을 긋기 위해 일어난
일이라는 교황청 진상조사단의 보고서는 너무나 충격적이었죠.

깔끔한 디자인을 위해서는 대개 직선을 잘 다루어야 합니다.
하지만 자연은 곡선을 사랑하고,
우리의 마음도 둥글고, 완만하고, 다정한 곡선을 원합니다.
효율을 앞세우는 세계에서는 직선을 선호하지만,
인간적인 것을 앞세우는 공동체는 구불구불한 길을 함께 걷고
휘어진 길도 기꺼이 손잡고 가죠.

만약 누군가 우리에게 직선을 강요한다면, 가운데에 선을
그어놓고 이분법으로 세상을 나누려고 한다면

우리는 곡선을 사랑한 가우디의 건축 이야기를 들려주고,
무량수전 배흘림 기둥의 두둑하고 부드러운 배짱을 보여주고,
둥근 항아리 속에서 발효되고 익어가는 것이 있다고
알려줘야 합니다.

세상의 아름답고 소중한 것들은 대부분 곡선에 있다는 것을
알려주고, 부드럽고 다정하게 세상을 품어주는 곡선의 마음도
간곡하게 전달해줘야 합니다.

약간 작은 담요를 덮는 일

산다는 건 '약간 작은 담요를 덮는 일' 같습니다.
담요를 어깨까지 끌어올려 덮으면 발목이 시리고,
발을 덮으면 어깨가 시리죠.
작은 담요를 이리저리 움직이다 보니, 애초부터 만족스러운
담요는 존재하지 않았을 거라는 생각이 듭니다.

약간 작은 담요로 어디를 덮어줄 것인가, 고민합니다.
'한강' 작가는 사람의 몸에서 가장 정신적인 곳이 '어깨'이며,
쓸쓸한 사람은 어깨만 봐도 알 수 있다고 썼죠.
그렇다면 약간 작은 담요로 어깨부터 덮어주고 싶습니다.
웅크린 어깨를 펼 수 있도록, 드러난 발가락의 차가움을
어깨의 따뜻함으로 잊을 수 있도록 약간 작은 담요로도
따뜻하게 살아갈 방법을 모색해봅니다.

노을빛이 우체통을
오래 문지른다

편지를 쓰고, 봉투를 봉하고, 우표를 사서 붙인 뒤에 우체통에
넣는 것, 이제는 우리 삶에서 거의 사라진 풍경입니다.
문득 요즘 우표값은 얼마일까, 궁금해졌습니다.
검색해 보니 2025년 기준 보통 우표는 한 장에 430원이네요.

벤자민 프랭클린은 '학교에서 배운 것보다 우표를 통해 배운
것이 더 많다'고 했습니다.
그만큼 우표나 우체국의 역사엔 흥미로운 이야기가 많습니다.
아가사 크리스티의 추리 소설에도, 유산 상속 분쟁을 피하려고
귀한 우표를 붙인 편지 한 통을 상속하는 이야기가 있었죠.
우표에는 시대의 자화상도 새겨지기 마련입니다.
1860년대에는 골드러시가 한창이었던 캘리포니아에 급행
배달회사가 생겼는데, 급행이라고 해봐야 마차가 미친 듯이
달리는 속도에 의존할 수밖에 없었다고 합니다.
그때 급행 배달회사에서 낸 구인광고는 이런 것이었습니다.

'젊고 마른 사람 구함. 18세 이하. 전문적으로 말을 타는
사람이며 기꺼이 죽음을 각오해야 함.'
골드러시 시대엔 이렇게 무시무시한 구인광고가 꽤 있었고,
지원자도 많았다고 하네요.

냉전 시대에는 우표가 귀중한 정보 공급처였습니다.
우주 개발에 앞서가던 구소련이 일체의 정보를 공개하지 않자
서구에서는 기념 우표를 입수해서 자료를 얻었다고 하네요.
때론 우표가 암호 역할도 하고 희망의 메신저가 되기도 했다니
우표는 생각보다 정말 많은 일을 했었다는 걸 알게 됩니다.

빨간 우체통이 급격하게 사라져가던 무렵엔 우체통이 있던
자리를 보며 마음이 허전해지곤 했습니다.
30년 전엔 무려 5만 7천 개의 우체통이 있었고, 2015년에도
만육천 개가 있었다는데, 그 많던 우체통은 지금 다 어디로 간
걸까요?
사실 우체통이 사라지는 것도 나름의 기준이 있다고 합니다.
그 우체통에 석 달 동안 편지가 한 통도 들어오지 않으면
철거하기로 결정한다고 하는데, 석 달 동안 한 통의 편지도
품지 못했다면 보내주는 것이 맞겠다는 생각도 듭니다.

한때는 사람들 발길이 뜸한 바닷가 언덕에도 빨간 우체통이
있었는데, 우체통이 사라진 것에는 또 그럴 만한 시대적 이유가
있겠죠.

이문재 시인의 시 한 부분을 우표와 우체통 이야기의 마침표로
전해드립니다.

"노을빛이 우체통을 오래 문지른다.
그 안의 소식들 따뜻할 것이었다."

사랑하는 사람만이
알 수 있는 것

너의 마음을 켜는 스위치가 그 벽에, 그 높이에 있다는 걸
어떻게 알았느냐고 물었지.
그냥 알았어.
익숙해지면 뭐든 그냥 알아내는 능력이 생기지.
익숙해진다는 것이 무뎌진다는 의미는 아니니까.
불을 켜지 않고도 방 안에 놓인 책을 가져올 수 있다는 뜻이며,
불을 켜지 않고도 스위치가 있는 곳을 알 수 있다는 뜻이고,
불을 켜지 않고도 너의 마음을 밝힐 수 있다는 뜻이니까.

사랑하는 사람만이 알 수 있는 것이 있습니다.

어떤 것이 마음의 뇌관이고, 어떤 눈빛이 진통제이며,

어떤 손길이 해열제가 되는지 차차 알게 됩니다.

서로에게 익숙해지면 무뎌지고 시들해진다고들 하지만,

서로에게 익숙해지면 그 사람도 미처 몰랐던 분실물을 찾아줄 수

있고, 그 사람이 발견하지 못한 지름길도 알려줄 수 있고,

그 사람이 알고 있어야 할 비상구도 찾아줄 수 있습니다.

서로에게 서로를 설명하지 않아도 되는 사람.

너무 익숙하고, 가끔은 낯선 사람.

그냥 알게 된 것이 많은 사람.

그냥 그렇게 서로에게 가장 절실하고 소중한 존재가 된 사람들이

서로의 곁에서 사과처럼 익어가면 좋겠습니다.

넷.

지금
행복하지 않으면

언제
행복할 거예요

Ensrettet
undtaget
ATLAS BAR

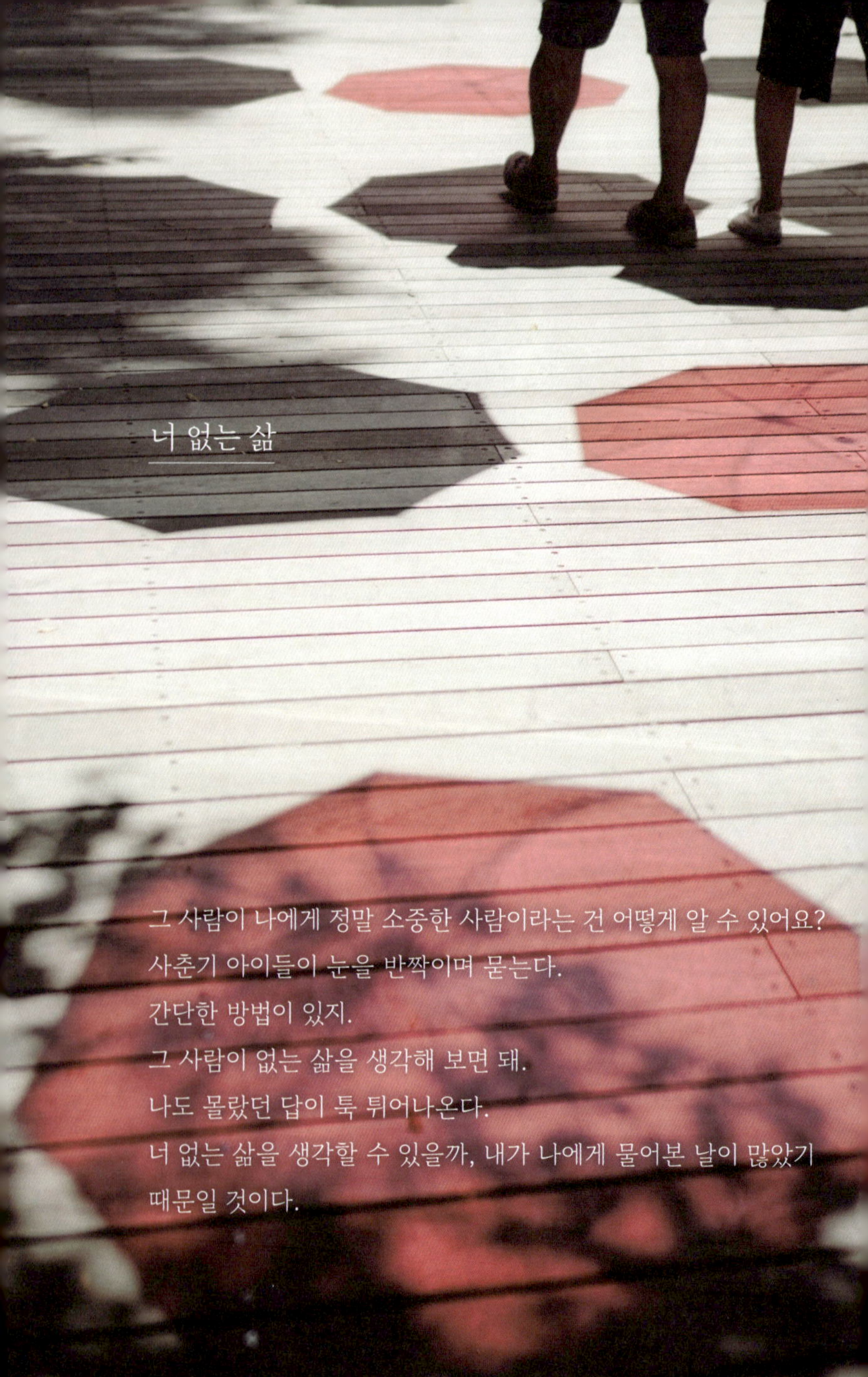
너 없는 삶

그 사람이 나에게 정말 소중한 사람이라는 건 어떻게 알 수 있어요?
사춘기 아이들이 눈을 반짝이며 묻는다.
간단한 방법이 있지.
그 사람이 없는 삶을 생각해 보면 돼.
나도 몰랐던 답이 툭 튀어나온다.
너 없는 삶을 생각할 수 있을까, 내가 나에게 물어본 날이 많았기
때문일 것이다.

상실의 경험이 많지 않았던 시절에는 삶에 드리운 여러 어려움을
짐작할 수 없었습니다.
되찾을 수 없는 마음과, 되돌릴 수 없는 기회, 지울 수 없는
상처를 얻고서야 알게 된 것들을 껴안으며 어른이 되었죠.
정말 소중한 사람을 알아보는 건 인생에서 중요한 일이지만
대개는 소중한 그 사람을 잃고 나서야 깨닫곤 하죠.
그래서 연습처럼 '그 사람이 없는 삶'을 생각해 보곤 합니다.

소중한 사람과 함께 하는 축복을 놓치지 않도록.
곁에 있는 그 사람을 가끔 웃게 만들고 싶어서.

창문이 데려오는 것

집은 좁아도 창문 밖이 드넓고 초록빛이 보인다면
집은 큰데 창문이 작은 집보다 훨씬 마음에 들 확률이
높습니다. 살다 보면 창문 덕을 볼 때가 많으니까요.
어쩐지 섬이 된 것 같다는 생각이 들 때도 고개 들어 창문
한 번 바라보면 섬이 되어도 괜찮다는 생각이 들고,
나도 모르게 속 좁은 사람이 되려고 할 때도
창밖 풍경이 그러지 말라고 다독거립니다.

창문이 데려다준 저녁 하늘, 창문이 배달해준 산과 바다,
그리고 조금 이르게 불이 켜진 창문들, 창문들.
내 것으로 소유하지 않아도 좋은 선물이 창밖에 가득합니다.
고개 들어 창문 밖을 보면 언제나 참 좋은 '지금'이 도착해
있는 걸 확인할 수 있습니다.

오늘 하루도 수고 많으셨습니다.

케이크의 사명

크리스마스 케이크가 산처럼 쌓인 제과점 앞을 지나오는데
문득 저 케이크의 사명은 무엇일까, 궁금해졌습니다.
케이크는 진열장에 있을 때처럼 커다랗고 둥글게 있으려고
만들어진 건 아닙니다.
달콤한 케이크를 사이에 두고 사랑하는 사람들이 다가앉게
하려고 만들어졌고, 사람들이 초를 켜도록 하려고 만들어졌고,
작은 소원을 빌며 촛불을 끄게 하려고 만들어졌습니다.

무엇보다 케이크는 여러 개의 조각으로 나눠지기 위해서
만들어졌죠. 함께 둘러앉은 모두가 작은 소원을 빌고,
생크림을 묻히며 케이크를 먹는 동안 별것 아닌 행복이
크림에 얹힌 체리 몇 알처럼 콕콕 박히고,
크리스마스 이브는 무르익어 가겠죠.
케이크처럼 마음을 나누며 살아온 우리 모두에게
크리스마스 이브의 축복이 함께하기를 바랍니다.

너무 시끄러운 고독

"사실 나는 땅거미가 지는 해 질 무렵을 너무도 사랑했다.
하루 중에서 무언가 굉장한 일이 닥칠 것만 같은 기분에 젖는
유일한 순간이었다. 이런 불확실한 시각에는 모든 거리와
장소가 평소보다 더 근사해 보였다. 사람들의 표정도 명상에
잠긴 듯 온화해졌고, 그 순간만은 나 역시 아름다운 청년이 된
것 같은 환상에 빠졌다. 날마다 해질녘이면 아름다움을 향해
가는 문이 열렸다."

체코 작가 보후밀 흐라발의 소설 『너무 시끄러운 고독』의
한 대목입니다. 소설 속 주인공 '한탸'는 폐지 압축공입니다.
한때 책이었고, 신문이었고, 러브레터였던 종이들은 한탸가
압축기의 스위치를 누르면 원래의 형체를 알아볼 수 없는
덩어리가 되죠.
압축기를 작동시키기 전에 그는 보석 같은 책을 찾아내고,
그 책들을 집으로 가져가 읽고, 산처럼 쌓아둡니다.

폐지 더미에서 귀한 책을 찾아내는 안목을 가진 것처럼
한탸는 압축기가 쿵쿵거리는 현실에서 '너무 시끄러운 고독'을
마주하죠.
한탸에게도 날마다 저녁이 찾아옵니다. 그냥 저녁이 아니라
굉장한 일이 일어날 것 같은 저녁이 찾아오고, 모든 거리와
장소가 평소보다 더 근사해 보이고, 자신도 아름다운 청년이 된
것 같은 환상에 빠지는 저녁이 찾아옵니다.
'상점의 진열창을 어쩌다 보게 되면 주름살 하나 없는 내
모습이 보여서 놀란 손가락들이 얼굴을 더듬었다', 그런 대목도
있습니다. 그저 고단한 하루를 보낸 사람의 독백이 아니라
희망보다 절망에 더 가까운 현실을 살아낸 한탸의 시선이어서
더 마음에 와닿습니다.
그렇지. 우리에게 찾아오는 저녁은 이렇게 굉장한 마법이지.
한탸의 곁에서 나란히 걸으며 말하고 싶습니다.

절실한 생존 속에서 '너무 시끄러운 고독'에 이른 한탸에게서
굉장한 저녁을 배웁니다.
그가 우리에게 알려준 비밀 '날마다 해질녘이면 아름다움을
향해 가는 문이 열렸다'는 비밀을
저녁에, 쉼표처럼 나누어 가지고 싶습니다.

지금 행복하지 않으면
언제 행복할 거예요

오후 늦게 혹은 저녁에 크림을 잔뜩 올린 커피나 단맛 강한
디저트를 먹고 싶을 때가 있습니다.
최고의 집중력을 발휘하고 난 다음이거나 많이 지쳤을 때
그런 생각이 들죠.
영화도 그렇습니다.
작품성을 따지며 영화를 엄격하게 고르다가도
마음을 말랑말랑하게 해줄 영화나 세상에 대한 믿음을
회복시켜 줄 영화를 보고 싶을 때가 있습니다.
그럴 때 보기 좋은 영화 중에 〈투스카니의 태양〉이 있죠.

〈투스카니의 태양〉은 모든 것을 잃었다는 생각이 들었을 때
낯선 이탈리아에서 300년 된 낡은 집을 고치며 프란시스가
되찾은 행복을 담고 있습니다.
불시에 뒤통수를 치는 씁쓸한 삶도 담겼지만, 그것을 치유해줄
토스카나의 풍경도 담겼고, 사랑에 관한 다양한 이야기가

담겼습니다.

'지금 행복하지 않으면 언제 행복할 거냐'고 묻는
코르토나 사람들의 지혜로운 마음도 담겨 있습니다.

아름다운 사람, 다정한 사람들이 많이도 등장하던 이 영화에는
우리가 눈여겨보지 않았던 또 다른 사랑의 모습도 있었습니다.

아침에 눈을 뜬 프란시스가 창문을 열 때마다 낡은 정장을
차려입은 한 할아버지가 꽃을 들고 걸어가는 모습이 보이죠.

할아버지는 어느 묘소 앞에 꽃을 내려놓고, 한참 바라보다
갑니다.

할아버지는 매일 같은 시간에 새로운 꽃다발을 들고
먼저 떠난 할머니의 묘소를 찾아왔습니다.

영화의 끝부분에도 여전히 꽃다발을 들고 프란시스의 집 앞을
지나는 할아버지가 보입니다.

할아버지는 프란시스가 인사해도 무뚝뚝하게 지나시더니,
거의 1년 만에 그녀와 눈을 마주치고 목례를 건넸습니다.

여전히 무뚝뚝했지만, 할아버지가 할 수 있는 최선의 다정함을
담아 인사하셨죠.

어쩌면 그만큼의 시간이 지나서야 할아버지는 자기 안의
슬픔을 조금 가라앉혔는지도 모르겠습니다.

변함없는 사랑이 무엇인지를 그 할아버지가 보여준 것

같습니다. 좀 오래 걸리기는 했지만, 할아버지는 분명
프란시스의 좋은 이웃이 되었겠지요.
할아버지는 그저 '행인 1'에 불과한 역할이었을 수도 있습니다.
어쩌면 감독이 숨겨놓은 주연배우는 아니었을까요?
그 할아버지는 대사 한마디 없이도 묵직하고 깊은 사랑의
모습을 보여주었습니다.

우리 곁을 지나는 '행인 1', 우리가 미처 알아차리지 못한
'행인 1'도 그 할아버지처럼 오랫동안 묵묵히, 인생의 소중한
것을 가르쳐주었을지도 모릅니다.
주목하지 않았던 주변의 사람을 유심히 바라볼 수 있다면
내 곁을 지나는 소중한 '행인 1'도, 익명의 천사의 옷자락도
어쩌면 보이지 않을까요.

네 가지 색 볼펜

‘니콜라스 산체스’라는 화가는 오직 네 가지 색 볼펜만으로
놀라운 그림을 그립니다. 물 위에 얼굴을 내밀고 햇살을 즐기는
아이의 모습과 물그림자를 검은색, 빨간색, 초록색, 파란색
볼펜만으로 완성한 그의 그림을 보면 ‘장인은 도구 탓을 하지
않는다’는 말이 실감나죠.
오늘 하루가 마음에 들지 않게 흘러간 건 나에게 주어진 도구가
마땅치 않았거나 남보다 불리한 조건을 가졌기 때문이라고
생각할 때가 많았습니다.
볼품없는 도구를 가지고도 멋진 그림을 그리는 화가처럼,
그 어떤 재료를 가지고도 맛있는 음식을 만들어내는
요리사처럼 도구나 재료 탓을 빼고 저녁을 요리해봐야겠다는
생각이 듭니다.

저녁 6시, 빛과 어둠, 노을, 가로등, 그리고 그리움과 음악.
이 정도 재료면 괜찮은 저녁을 요리할 수 있지 않을까요?

알곤퀸 라운드 테이블

뉴욕 타임스퀘어 근처, 웨스트 44번가에는 알곤퀸 호텔이
있습니다. 120년이 훌쩍 넘은 이 호텔은 외관이 호화롭지는
않아서 그냥 지나치기 쉬운 곳이죠.
하지만 '도로시 파커'라는 작가와 '알곤퀸 라운드 테이블'을
기억한다면 문학의 성지를 찾는 기분으로 들어서게 되는
곳입니다.

알곤퀸 호텔 안으로 들어가면 로비 너머에 '라운드 테이블
룸'이 있습니다. 도로시 파커는 이 호텔의 1106호에 오랫동안
묵으며 글을 썼는데, 그녀가 점심을 먹으러 레스토랑으로
내려오면 몇몇 친구들이 늘 기다리고 있었고,
함께 문학과 예술의 향기 가득한 시간을 보내곤 했다죠.
라운드 테이블 멤버 중엔 훗날 잡지 〈뉴요커〉를 창간한 '해롤드
로스'도 있었는데, 이 모임에서 오간 풍성한 이야기들을 담고
싶어서 잡지 〈뉴요커〉를 창간하게 되었다고 합니다.

여러 작가가 모여 뜨거운 토론을 하는 자리였으니
술도 있었고, 뜨거운 열정과 차가운 비평과 혹독한 비난도
당연히 오갔겠지요.
도로시 파커를 비롯한 참가자들은 그 모든 것을 연료 삼아
치열한 작품 활동을 했습니다.
너무 뜨거운 모임이어서 생각보다 오래 유지하지는 못했다지만
뉴욕의 문학계에 하나의 전설이 되었고, '알곤퀸 라운드
테이블'이라는 모임의 이름으로, 공간의 이름으로 남았죠.

알곤퀸 라운드 테이블 룸은 얼핏 보면 뉴욕의 호텔에서 흔히
볼 수 있는 레스토랑 같습니다. 하지만 그들이 앉던 테이블에선
뭔가 다른 반짝임이 느껴집니다.
금방이라도 그들이 들어와 앉을 것처럼 테이블 세팅이
되어 있고, 도로시 파커를 비롯한 작가들 이름이 적힌 작은
액자가 화려했던 옛날을 추억하고 있습니다.
라운드 테이블 너머의 벽엔 그 시절을 담은 그림이 걸려 있어서
이 공간의 역사적 의미를 되새기게 하죠.
도로시 파커가 머무르며 글을 썼다는 1106호실까지는
올라가지 않아도 괜찮습니다.
라운드 테이블에서 피어났을 뜨거운 문학과 차가운 비평,

흐트러진 웃음을 상상해 보는 것만으로도 좋으니까요.
사람들이 치열한 한때를 보낸 공간을 만나는 건 정말 멋진
일이라는 걸 뉴욕의 알곤퀸 호텔이 알려줍니다.

알곤퀸 호텔에는 '도로시 파커'와 '라운드 테이블 룸' 말고도
또 하나의 유명한 스토리가 있습니다.
1930년대에 유명한 배우 존 베리모어가 길고양이 한 마리를
이 호텔에 맡겼는데 직원들이 모두 합심해서 그 고양이를
보살폈다고 하죠.
그때 이후로 계속 길고양이를 키우는 것이 이 호텔의 또 다른
전통이 되었는데, 지금은 7번째 고양이 '존 베리모어 햄릿'이
프런트 주변을 어슬렁거리며 손님을 맞이하고 있다고 합니다.

라디오, 와인을 지키다

한때 과수원을 하는 사람들이 갖춰야 할 준비물에는 각종
농기구와 사다리, 그리고 라디오가 있었습니다.
라디오를 들으면서 나무를 보살피고,
열매를 수확하고, 때론 밤새 나무들을 지켜야 할 때도
있었기 때문이죠.
품질 좋은 포도주를 생산하는 스페인의 프리오라트 사람들도
청년들이 포도 농장을 만들러 찾아오면 그들이 알고 있는 모든
지식을 전해주고, 라디오를 선물해주었다고 합니다.

지금은 라디오가 컴퓨터 안으로도 들어가고, 휴대폰 안으로도
들어가버려서 어디서든 손쉽게 들을 수 있습니다.
가끔은 옛날 라디오가 그리울 때도 있습니다.
밤새 포도나무를 지키는 사람 곁의 라디오처럼,
저녁의 과수원 아래 식탁을 차리는 일꾼 곁의 라디오처럼
여러분 곁에 라디오가 있는 저녁 풍경을 그려봅니다.

벼랑 끝에서

통영에 가면 바다도 볼 수 있고, 바다에 뜬 크고 작은 섬들도
볼 수 있고, 윤이상 기념관에 있는 윤이상의 가방도 볼 수
있습니다. 이중섭이 머물던 바닷가 집도 있고, 나전칠기로 만든
아름다운 가구도 만날 수 있죠. 통영음악제가 열리는 동안은
잘츠부르크처럼 음악이 피어나는 도시가 됩니다.
봄에만 먹을 수 있다는 도다리 쑥국도 제철이니 이래저래
통영은 꽃피는 봄날에 어울리는 도시입니다.

통영에서 만난 아름다운 것 중에 '피랑'이라는 말도 있습니다.
벽화마을로 유명한 동피랑, 서피랑의 그 '피랑'입니다.
'피랑'은 '벼랑', '절벽'이라는 뜻이죠. 또한 피랑은 '더이상 발을
내딛을 수 없는 자리, 그래서 절박하게 아름다운 풍경을 볼 수
있는 곳'이라는 의미도 가지고 있습니다.
벼랑 끝까지 내몰린 삶이라는 절망적인 의미는 다 지우고 벼랑
위에 있기 때문에 최고의 풍경을 만날 수 있다는 해석을 마음에

들여놓습니다. 동피랑과 서피랑에서 본 통영 풍경이 유독
아름다운 것도 벼랑 끝이라는 절박함이 더해졌기 때문이겠죠.
통영 여객선 터미널과 중앙시장이 있는 강구안을 중심으로
동쪽의 벼랑을 동피랑, 서쪽은 서피랑이라고 부르는데,
서피랑에는 박경리 선생의 생가가 있습니다.

박경리 선생이야말로 벼랑 끝에 내몰린 것처럼 시련 많은 삶을
사셨지만, 바로 그 피랑에서 빛나는 문학을 탄생시켰죠.
박경리 선생처럼 피랑으로 내몰렸던 사람들, 그리고 피랑에서
살아 돌아온 사람들은 위대한 영혼에 이르는 것 같습니다.

정도의 차이는 있겠지만, 누구에게나 벼랑 끝까지 몰렸다는
생각이 들었던 때가 있었을 겁니다. 지나고 보면 그 시기는
우리를 좌절시킨 시간이라기보다는 우리를 도약시키고
단단하게 만들어준 시간이었습니다. 그러니 혹시라도
다시 그런 시기가 찾아온다면 그땐 발아래보다는 먼바다 쪽
탁 트인 풍경에 시선을 두겠습니다. 기꺼이 피랑의 시간을
견디고, 멋진 반전을 준비하고 배짱도 두둑해져서 다시
돌아오겠습니다.

소금이 온다

바닷물을 염전에 가두고, 햇살과 바람이 오랫동안 일을
하다 보면 마침내 소금이 만들어집니다.
그 순간을 '소금이 온다'고 표현한다죠.
소금이 온다!
그렇게 말할 수 있는 때는 얼마나 굉장한 순간일까요.

소금의 맛을 결정하는 건 소금에 섞여 있는 3퍼센트의
불순물이라는 거, 알고 계셨나요? 97퍼센트의 염화나트륨이
아니라 3퍼센트의 불순물. 그러니까 바다의 풍미를 담은
약간의 마그네슘과 짠맛을 둥글게 완화해주는 약간의 칼슘,
쌉싸름한 맛을 내는 칼륨과 흙냄새, 바다 냄새를 복합적으로
품은 미량의 유기물이 소금의 맛을 좌우하는 거라고 합니다.
소금의 세계에서 '불순물'은, 불온하게 섞인 먼지가 아니라
맛을 좌우하는 핵심 요소가 되는 거죠.
그것을 '소금의 테루아르 – 소금의 지역성'이라고 부릅니다.

와인이 지역마다 다른 맛을 가진 것처럼 소금에 섞인 불순물이

맛을 결정하고, '히말라야 소금'이라든가 '게랑드 소금' 같은

이름을 정하는 거죠.

'불순물'이라는 불순한 존재가 이렇게 멋진 것이었나 싶습니다.

그러니까 불순물이란 없어야 하는 것이 아니고

없애야 하는 것도 아니라는 것,

세상의 미묘한 맛을 알려주고 세상이

이런 것들로 이루어졌다는 걸 보여주는

증명서 같은 것입니다.

생각해 보면 우리 삶에도 '불순물'이라는 이름으로

묶인 것들이 있습니다.

교실 밖에서 배운 것, 어른들이 금지했던 것,

우연히 마주친 것들. 발바닥에 만들어진 티눈이나 손가락에

만들어진 굳은살이 때론 우리의 삶을 보여주기도 하는 것처럼

의도하지 않게 우리 삶에 끼어든 것들, 남모르게 킥킥거리던

순간과 남모르게 울었던 순간들,

갖고 싶지 않았으나 어쩔 수 없이 갖게 된 것들이

우리가 누구인가를 알려줍니다.

소금이 오듯 가을이 올 겁니다.

그러면 또 3퍼센트의 불순물 같은 생각이 자리바꿈을 하겠죠.

여름엔 여름의 불순물이 우리 주변을 떠다니고,

가을엔 또 가을의 불순물이 우리를 가을 속으로 데려갈 겁니다.

올가을엔 어떤 불순물을 만나게 될까,

어떤 불순한 존재가 이 가을을 특별하게 만들어줄까.

아직 가을의 기별은 없는데 가을 계획과 가을 기대만

무성합니다.

줄리아 차일드처럼

영화 〈줄리 앤 줄리아〉의 실제 모델인 줄리아 차일드는
요리만이 아니라 태도 때문에 더 많이 사랑받았다고 합니다.
어느 날은 줄리아가 수플레를 만들었는데, 거품을 내느라
휘휘 젓다가 바닥에 여기저기 거품을 떨어뜨렸다고 합니다.
오븐에 수플레를 넣고 기다리는 동안에는 다정한 얘기를
들려주었는데, '이제 꺼내 볼까요?'하고 오븐을 열었더니
수플레가 납작해진 채로 있었죠.
그런데 줄리아는 당황하지도 않고,
'음, 항상 잘할 순 없잖아요? 맛있게 드세요', 그랬다고 합니다.

잠깐의 일을 인생의 실패로 받아들이지 않는 줄리아의 태도가
그녀의 요리만큼이나 사랑받았다는 건 멋진 일입니다.
하루 일과가 끝나면 산처럼 매달고 오던 걱정과 근심을
줄리아 차일드처럼 유쾌하게 날려버릴 수 있으면 좋겠네요.

다음, 다음의 다음

몇 년 전, 배우 로버트 드 니로는 뉴욕의 예술학교 졸업식에서
무척 인상적인 축사를 했습니다.
축사는 이렇게 시작되었죠.
"여러분은 해냈습니다. 그리고 여러분은…… 망했습니다."
너무나 현실적인 축사에 폭소와 환호와 박수가 터졌습니다.
로버트 드 니로는 계속해서 이렇게 말했습니다.
"이제 여러분 앞에는 끝없는 '거절의 문'이 열릴 겁니다.
하지만 우리에겐 '다음'이라는 마법의 주문이 있습니다.
'다음' 뒤에는 '다음의 다음'이 있습니다."

'다음'이라는 말이 게으른 사람의 변명이 아니라 거절과 절망
앞에서 우리를 일으켜세우는 마법의 주문, 희망의 주문이라는
걸 새삼 확인합니다.
'다음이 있다'는 것을 등대 삼아서 지치지 않고 우리 앞의
시간을 헤쳐갈 수 있으면 좋겠습니다.

타이어, 와이어

타이어는 거대한 트럭의 무게를 어떻게 견디며 굴러갈까요.
그건 타이어 속에 강철로 만든 와이어가 들어 있기 때문입니다.
최대한의 무게와 압력을 견딜 수 있는 강철 와이어가
타이어의 안쪽에서 보이지 않게 지탱하고 있기 때문에
고무로 만든 바퀴는 열심히 달릴 수 있는 거죠.
삶을 이루는 많은 것이 그렇게 구성되어 있습니다.
부드러운 것 속에는 언제나 강철 같은 것이 들어 있고,
부드럽고 다정한 것들은 흔들리면서도 흔들리지 않는 법을
익힙니다.

오늘도 열심히 세상 곳곳을 구르는 바퀴를 보면서
부드러움 속에 들어 있는 강철 같은 힘,
다정함이 품은 강인함을 기억해봅니다.

너를 기억해

옛날 영화들은 대부분 영화가 끝날 때 'The End'라는 자막
한 줄만 남기는 경우가 대부분이었습니다.
그때는 엔드 크레딧에 대한 개념도 희박했지만, 필름 값이 너무
비싸서 제작진의 이름을 넣을 엄두도 내지 못했다죠.
차차 주연배우와 감독의 이름을 적은 엔드 크레딧이 등장했고,
그다음엔 시나리오 작가와 조연 배우 이름도 적기 시작했다고
합니다.
전체 스태프의 이름이 엔드 크레딧에 등장하게 된 건 1973년,
조지 루카스 감독이 만든 영화 〈청춘 낙서〉가 최초였죠.
영화에 참여하는 스태프들에게 충분한 보상을 할 여건이 되지
못했던 조지 루카스 감독은 엔드 크레딧에 그들의 이름을 새겨
고마운 마음을 표했다고 합니다.

엔드 크레딧이 화면에 뜨면 관객들이 우르르 일어나던 때도
있었지만, 요즘엔 엔드 크레딧까지 다 보고 극장을 나서는 분이

더 많습니다.

엔드 크레딧에 담는 메시지에도 많은 변화가 있었습니다.

엔드 크레딧이 끝난 뒤에 특별한 영상을 넣어두는 영화도 있었고, 영화보다 재미있는 N.G. 장면을 잔뜩 준비해 둔 엔드 크레딧도 있었죠. 요즘 할리우드에선 영화에 잠시 참여한 스태프들 이름까지도 다 기록한다고 합니다.

작품을 쓴 메인 작가만이 아니라 자료 조사에 참여했던 작가, 시나리오의 부족한 부분을 메우기 위해 투입된 작가와 임시직 스태프의 이름까지도 다 새기기로 했다죠.

소외되기 쉽고, 외면당할 수도 있는 사람들을 챙기는 일은 언제나 옳습니다.

엔드 크레딧에 불어온 바람직한 변화처럼 우리 마음의 기록에도 변화가 있기를 바랍니다.

일상에 늘 함께하는 소중한 이름은 물론이고 잠시 스쳐 갔지만 의미 있는 흔적을 남긴 이름, 우리가 읽은 책과 영화와 음악을 만든 이름들, 이름은 모르지만 우리 마음을 잠시라도 흔들었던 사람들까지도 하루의 엔드 크레딧에 소중하게 새기고 싶습니다.

'집'들도 이사를 한다

전라남도 강진에 있던 150년 된 고택을 경기도 퇴촌에 옮겨
놓은 것을 본 적 있습니다. 강진의 집은 어떻게 경기도까지
올 수 있었을까요. 기둥의 나무 하나하나, 지붕의 기와
하나하나까지 다 위치를 확인하고 기록한 뒤에 해체하고,
다시 조립하는 거라고 하더군요. 한옥은 못을 쓰지 않고 짓기
때문에 해체할 때 손상이 크지 않고, 재조립할 때도 원래대로
짜맞추기가 비교적 수월하다고 합니다.

작게 나눠서 옮기고, 다시 조립하는 한옥의 이사 과정은
어려운 시절을 건너가는 지혜와 닮았습니다.
목표를 작게 나눌 수 있다면 어려운 일도 해낼 여지가 보이고,
밀물처럼 닥치는 걱정도 작은 단위로 쪼갤 수 있다면
어느새 강을 건너온 우리를 발견할 수도 있을 겁니다.
작게 쪼갤 수 있는 침착함, 작은 것들을 모으고 옮겨 근사한
것으로 만드는 인내심도 잘 키울 수 있다면 좋겠습니다.

공주와 왕자에게만 가능했던 일

한 작가가 바깥 출입이 자유롭지 못한 소녀를 위해 일주일에
한 번씩 책을 읽어주기로 했습니다.
소녀는 작가가 읽어주는 책을 정말 좋아했죠.
눈이 반짝반짝했고, 창문을 열어주면 어디라도 훨훨 날아다닐
것처럼 꿈꾸는 표정이었습니다. 그렇게 환하게 웃는 걸 처음
봤다고 소녀의 부모님이 말하실 정도로 말이죠.
처음엔 작가가 골라온 책을 몇 번이고 반복해서 읽어달라고
했고, 다음엔 자신이 궁금하게 여긴 책을 읽어달라고 했답니다.
읽는 책의 스펙트럼이 넓어진 뒤에 소녀는 조금씩 우울한
모습도 보였다지요.

어느 날 작가는 책을 읽어주기에 앞서 소녀에게 이렇게
말했다고 합니다.
"한 사람만을 위해 누군가가 매번 책을 읽어주는 건 왕자나
공주만 누릴 수 있었던 일이래."

소녀가 다시 활짝 웃었다고 합니다.

소녀의 모습은 책을 읽어주기 위해 자신의 시간을

많이 바친 작가에게도 커다란 선물이 되었겠지요.

소녀를 위해 그림책과 동화책, 세계를 여행하는 이야기와

모험의 책들을 골랐을 작가의 마음을 헤아려봅니다.

책을 읽어주러 오는 작가의 발자국 소리에 귀 기울였을 소녀의

기다림도 생각해봅니다.

나에게 처음으로 책을 읽어준 사람은 누구였을까.

누군가는 프러포즈로 책을 읽어주었다고 하던데,

책을 읽어준다는 건 그토록 다정하고 소중한 일입니다.

'문득'을 데려오면

설명하기 어려운 일이나 감정이 있을 때, 혹은 잘 안 풀리는
글이 있을 때 '문득'이라는 말을 데려오면 좋습니다.
문득 이런 생각이 들었다거나, 문득 보고 싶었다는 말들은 얼핏
즉흥적인 것 같지만 오래 마음에 담겨 있던 말이기도 합니다.
슈베르트의 즉흥곡이 결코 즉흥적으로 만든 곡이 아닌 것처럼
문득 떠오른 생각은 오랫동안 마음의 서랍 안에서 잠자고 있던
것일 가능성이 높죠.

저녁이 와도 전혀 풀리지 않는 마음이 있습니다.
전부터 누적된 생각 속에서 허우적거릴 때도 있죠.
그럴 때도 '문득'을 데려오면 좋습니다.
어떤 작가는 주인공을 다루기 어려워질 때
'문득' 시간을 건너뛴 다음 장면을 만들기도 한다는데,
누군가는 그런 비약을 무책임한 발상이라고 말하기도 합니다.
하지만 모든 것을 논리적으로 딱 떨어지게 증명해야 하는

상황이 아니라면 '문득' 떠오른 생각과 '문득' 마주친
그리움으로 열리지 않는 문을 열고,
넘기 어려운 벽을 통과하고 싶습니다.

그러니 문득 보고 싶은 사람을 생각하면서 힘을 내고
문득 떠나고 싶은 장소를 생각하면서 훌훌 털어버리고,
문득 떠오르는 좋았던 순간을 생각하면서 기운내시기
바랍니다.

잘 풀리지 않는 많은 일에 '문득'을 적극
활용하시기 바랍니다.

일기장 같은 영화

가끔 일기장 같은 영화를 만납니다.
나라도 다르고, 성장 환경도 다르고, 심지어 성별도 다른데
저 사람이 무슨 말을 하는지, 왜 그렇게 말하는지 다 알 것
같은 영화가 있죠. 그레타 거윅 감독의 〈레이디 버드〉도 그런
영화였습니다.
크리스틴이라는 멀쩡한 이름을 두고 자신을 '레이디 버드'라고
불러달라는 18살 소녀. 그녀는 지루하고 가난한 새크라멘토를
떠나고 싶고, 동부의 대학에 진학하고 싶은 꿈을 가지고 있죠.
친한 친구와 일상을 공유하고, 설레는 첫사랑을 만나고,
실망하고, 자신의 마음을 들키기 싫고, 동경하는 세상에 속하고
싶어서 거짓말도 합니다.

10대 시절을 뒤흔드는 건 어쩌면 '동경'이 아닐까요?
'레이디 버드'라는 이름은 그 동경의 집합체 같습니다.
크리스틴에게 레이디 버드란 단순히 무당벌레가 아니라

레이디와 버드를 합친 의미였을 겁니다.

기품 있고 멋진 삶을 누리는 레이디,

그리고 원하는 삶을 찾아 자유롭게 날아가는 버드.

영화 속에 인상적인 한 장면이 있습니다.

레이디 버드와 그녀의 첫사랑 대니가 나란히 앉아서 저녁

하늘을 바라보던 장면이었는데, 별들이 떠오른 하늘을 보면서

대니가 우리들의 별을 찾아 보자고 말합니다.

"저기 빛나는 별 보이지?"

그녀가 '잘 보인다'고 하자 대니가 다시 말합니다.

"그 별 옆에 있는 희미한 별, 그게 우리의 별이야."

세상엔 빛나는 별만 있는 건 아닙니다.

하지만 또 세상엔 빛나지 않는 별은 없죠.

누구나 한번은 날아오르는 때가 있고, 동경의 덫을 벗어나서

'레이디 버드'가 아닌 '크리스틴'이 되는 때도 올 겁니다.

그 사이를 오가며 어른이 되고, 그 사이를 오가며 나다워지는

날들이 오늘도 우리 곁을 흘러가고 있습니다.

엄마, 난 잘 지내고 있어요

식당이나 레스토랑에서 밥을 먹을 때 음식 사진을 찍는 분이 많습니다. 성급하게 수저나 포크를 들지 않고 잠시 기다려주는 것이 '오늘의 매너'가 되었습니다.

그런데 좀 유난하다 싶은 사람이 있었습니다.

매번 음식 사진을 정성껏 찍었고, 어디론가 그 사진을 보낸 뒤에야 밥을 먹었죠.

도대체 매일 먹는 밥을 저렇게까지 열심히 찍는 이유가 뭘까 궁금했습니다. 저만 그런 것이 아니라 다른 사람들도 그런 표정이었나 봅니다.

밥을 다 먹은 뒤 그 사람은 이렇게 말했죠. 그가 학창 시절부터 외지 생활을 했기 때문에 부모님께서 늘 밥은 잘 먹는지를 걱정하셨다고 합니다. 젊었을 땐 매일 '밥은 잘 먹었니, 뭘 먹었니.' 하는 질문이 잔소리 같고, 똑같은 질문에 매번 대답하는 것이 짜증스러웠다고 하죠.

그런데 세월이 흐르고 보니 '밥 잘 먹었니'라는 말에

부모님의 온 마음이 담겨 있는 걸 깨닫게 되더라고 합니다.

예전엔 보고 싶으면 가끔 올라오시기도 했는데,

이제는 거동도 편치 않으시니 부모님께 매일 편지 쓰듯

밥 먹은 사진을 찍어서 보내드리는 거라고 하더군요.

아, 그렇게 부모님께 편지를 쓸 수도 있구나,

그렇게 부모님께 사랑한다고,

나는 잘 지내고 있다고 말할 수도 있구나 싶었습니다.

그러니 우리 모두 매일 따뜻하고 맛있는 저녁을 먹길 바랍니다.

어디에 계시더라도 부모님은, 또 우리가 사랑하는 사람들은

우리가 건강하고 따뜻한 밥을 먹었기를 바랄 테니까요.

맛있는 밥을 먹는 건 살아 있는 사람들의 기쁨이기도 하지만

사랑하는 사람들에 대한 의무이기도 하며,

'저는 이렇게 잘 지내고 있습니다' 하고 마음으로 쓰는

편지가 되기도 하니까요.

그 남자, 김민기가 떠나던 날

오늘, '지하철 1호선'을 타는 사람들은 아마 이 사람이 생각날 겁니다. 오늘, 비 내리는 대학로를 지나는 사람들도 이 사람이 생각나겠죠.

'학전' 소극장이 있던 근처를 지나면 더 그럴 겁니다.

오늘, 봉제 공장이 밀집한 청계천 7가 부근을 지나는 사람들도 이 사람, '김민기'라는 이름이 생각날 겁니다.

〈공장의 불빛〉, 〈상록수〉, 공장에서 일하며 익명으로 발표했던 그의 노래들이 마음을 맴돌겠죠.

충남 보령에 있었던 탄광도, 생계를 위해 탄광에서 일했던 그도 기억할 겁니다.

운영난으로 대학로를 떠난 '학전소극장'이 다시 문을 연 곳에서도 버티지 못하고 영영 문을 닫던 지난 봄,

이 무대가 다시 열리기를 소망하고 아픈 그가 기적처럼 떨치고 일어나기를 기원했던 사람들도 오늘은 '김민기'를 생각하며 목이 멜 겁니다.

그림을 그리는 사람이었고, 노래하는 가수였는데도
그는 언제나 조명 뒤에 있었습니다.
연극계에서는 무대에 오르는 배우들을 '앞것'이라 부르고
조명 뒤에 가려진 스태프들을 '뒷것'이라 부른다는데,
그는 기꺼이 '뒷것'이 되어 뒷것의 운명을 살았죠.

〈아침 이슬〉을 만들던 젊은 날, 그의 작업은 이 노래의 뒷부분
'나의 시련일지라'에 멈춰 있었다고 합니다.
그 부분의 원래 가사는 '너의 시련일지라'였다고 하죠.
가사도, 멜로디도 거기서 딱 멈췄던 그 노래는
어느 밤 문득 '너의 시련'을 '나의 시련'으로 바꾸니 물
흐르듯 해결 되었다고 합니다. 각자 '나의 시련'을 품고
사는 청춘들에게 〈아침 이슬〉은 그렇게 다가가게 되었고,
사랑받았고, 시대의 노래가 되었죠.

오늘은 김민기의 〈봉우리〉를 무한 반복해서 듣고 싶습니다.
어쩐지 이 노래가 그가 남긴 어느 날의 일기이자
그의 자서전이자 그의 유언 같기도 합니다.
그의 낮은 목소리도 마음을 먹먹하게 하지만,
이 노래에 담긴 모든 것이 우리가 보아온 그의 삶과

하나도 다르지 않아서 더 그렇습니다.
모두가 높은 봉우리만 이야기할 때 그저 고갯마루인
봉우리에 올라 그가 바라본 것은 '낮은 데로만 흘러서 고인
바다'였습니다.

자신의 이름이 기억되기를 바라지도 않으며
자신의 노래가 필요 없는 세상에 살고 싶다던 김민기.
'너의 시련'을 '나의 시련'으로 바꾸어 청춘을 위로해주었던
그의 노래는 앞으로도 '우리 모두의 시련'을 자주
위로해주겠죠.

우리가 사랑한 사람 김민기, 그가 많이 그리울 겁니다.

겹겹의 사람들

오지를 찾아가는 여행 프로그램을 봤습니다.

오지 중에서도 오지, 게다가 절벽 위에 사는 사람들을 찾아가는

여행이었습니다. 여행자의 발길을 따라가는 벼랑길, 절벽에

거의 수직으로 걸린 철제 사다리는 화면으로 보는 것만으로도

아찔했습니다.

출연자가 힘겹게 벼랑에 걸린 사다리를 타고 올라가는 장면을

보면서 '저 출연자도 참 힘들었겠다'는 생각이 들었는데,

그 순간, 이 장면을 촬영하는 카메라가 있다는 것이

떠올랐습니다.

촬영감독은 남들보다 카메라 하나 더 지고 이 벼랑을 올랐을

테고, 출연자보다 먼저 올라가서 위치를 잡은 다음

영상을 찍었겠죠.

화면에는 나오지 않는 촬영 감독의 고생은 얼마나 컸을까요?

카메라까지 메고 절벽을 올랐을 생각을 하니 한 편의 여행

프로그램을 보는 시각이 꽤 많이 달라졌습니다.
사진을 정리하다가도 그런 생각을 할 때가 많습니다.
흑백사진 속에 오종종 모여 있는 형제들과 어머니는 있어도
아버지는 늘 화면에 없습니다. 내가 환하게 웃고 있는 사진의
셔터를 눌러준 누군가가 있었다는 걸 이제야 깨닫습니다.
화면에 드러나는 것이 전부가 아니라는 걸 깨달으며
우리는 비로소 어른이 되는지도 모르겠습니다.
웃고 있는 사진 뒤에는 셔터를 눌러준 사람이 있고,
험한 산길을 가는 사람 너머에는 무거운 카메라를 하나 더 메고
앞서 간 카메라맨이 있고, 스카이다이빙을 하는 놀라운 사람
뒤에는 카메라까지 메고 스카이다이빙을 한, 더 놀라운 사람이
있습니다.
힘든 사람 뒤에는 늘 더 힘든 사람이 있고, 우는 사람 뒤에는
울지도 못하는 사람이 있습니다.

세상을 이루고 있는 겹겹의 사람들, 겹겹의 감정과 겹겹의
땀방울과 겹겹의 눈물을 헤아릴 수 있다면 조금 더 나은
사람으로 살 수 있지 않을까, 생각해봅니다.

그러니까, 오래 해

요즘 심리 상담가들은 아들러 심리학 이야기를 많이 합니다.
개인을 이해하고 돕는데 더 적합하기 때문이고,
'왜 그런가'보다 '앞으로 어떻게 할 것인가'에 더 주목하기
때문이라고 하더군요. 특히 아들러가 말하는 '자기가치감'은
개인의 아픔을 치유하고 회복시키는 데 효과적이라고 합니다.

'자신에게 가치가 있다고 생각할 때 우리는 용기를 가질 수
있다', 이것이 아들러의 '자기가치감'의 핵심이라고 하죠.
그런데 이 말을 전하면 많은 분이, '내가 가치 있는 삶을 살고
있는 것 같지 않다'고 대답합니다.

'자기가치'란 성공이나 명성 같은 세상의 평가도 아니고,
사회에서의 쓸모로 판단되는 건 더욱 아니죠.
대단한 사람이어서가 아니라 내가 나라서 소중하다는 자각,
나와 계속 살아가야 할 소중한 존재가 나 자신이라는 깨달음,

다른 누구도 아닌 나 자신이라 소중하다는 시선이
'자기가치감'라고 합니다.

문득 생각나는 이야기가 있습니다.
연극을 하는 후배가 있는데, 정말 하고 싶어서 시작한
연극이지만 연기는 늘지 않고 삶은 너무 막막해서 무대 뒤에서
혼자 울었던 날이 있었다고 합니다.
그런데 잠시 후에 누군가 그 옆에 가만히 앉더라고 합니다.
그가 롤모델로 생각하는 대선배였는데, 그 선배는 한참 동안
같이 쪼그리고 앉아 있었다고 하죠.
한참 뒤에 그 선배는 이런 말을 남기고 갔다고 합니다.
"그러니까 너 자신을 믿고, 오래 해."
그저 잘해보라는 것이 아니라, 오래 견디고 살아남으라는 말.
그 짧고도 비장한 말이 굉장한 힘이 되었다고 합니다.
인생이든 연극이든 버티는 것만으로도 대단한 거다.
그런 격려가 담겨 있었다는 것도 나중에야 알게 되었다고
하네요.

가치란 세상이 정해주는 것이 아니라 내가 정하는 것.
우리에게 정말 필요한 건 자신을 대견하게 바라보는 시선,

그리고 자기를 돌볼 줄 아는 마음이라는 생각이 듭니다.
'돌봄'이라는 말은 연약한 생명이나 도움이 필요한 어른들께만
해당되는 건 아니죠. 씩씩한 청춘에게도 자기 돌봄이 필요하고,
책임진 것이 많아 늘 어깨가 아픈 장년에게도 해당되는
말입니다.

지금껏 견디고 있는 것만으로도 충분히 가치 있는 사람들.
그러니 가끔 '대견한 나'를 칭찬해주고, 뿌듯한 마음도 가지고,
가끔은 나 자신에게 '너, 정말 괜찮아?', 그렇게
물어볼 수도 있어야겠습니다.

넘치도록 사랑받은

애착 인형이라는 이름을 얻은 인형치고 멀쩡한 인형은
없습니다. 옆구리가 뜯어지고, 복슬복슬했던 털도 빠지고,
코가 뭉개진 인형, 그냥 봐도 안쓰러울 정도로 낡은 인형들만이
그런 이름을 얻습니다.
아이들에게 인형은 낡을수록 더 소중한 친구가 되고,
어른이 되어도 여전히 곁을 지키는 소중한 존재가 됩니다.

마크 닉슨이라는 사진작가는 바로 그런 인형들 사진을
찍습니다. 왼쪽 다리의 바느질이 풀린 곰 인형, 한쪽 눈이
사라진 곰 인형, 한때는 고운 옷이었을 텐데 지금은 누더기가
된 옷을 입은 곰 인형, 한쪽 귀가 없는 곰 인형, 코가 뭉개진 곰
인형을 든 수많은 사람들이 그를 찾아왔습니다.
닳도록 사랑했던 곰 인형의 사진을 찍어주는 마크 닉슨의
프로젝트 제목은 〈Much Loved – 넘치도록 사랑받은〉 존재에
관해 기록하는 프로젝트였죠.

마크 닉슨이 곰 인형 사진을 찍는 동안 인형을 데려온 사람들은
옆에 앉아 인형과 자신 사이의 이야기를 들려줍니다.

어떤 곰 인형은 비밀을 지켜준 친구였으며,
어떤 곰 인형은 무조건 곁을 지켜주고 괜한 평가 같은 건
하지 않는 좋은 친구였다죠.
한쪽 눈이 사라진 곰 인형은, 어린 시절 강아지에게 공격 받는
아이를 구해주느라 그렇게 된 사연을 가지고 있었습니다.
투병 생활을 하던 남편이 너무 꼭 끌어안아서
뜯어지고 뭉개진 곰 인형을 가져온 여인도 있었고,
왼쪽 다리가 뜯어진 걸 보고 붕대로 감아 치료해주었다는
간호사 이야기도 들을 수 있었다죠.

오래되고 낡은 것들의 정체는 '넘치도록 사랑받은 존재'였다는
걸 마크 닉슨의 프로젝트를 통해 깨닫습니다.
함께 늙어가고 함께 낡아가는 것이 사랑이라는 것도 배웁니다.
그 누구도 위로해주지 못한 마음을 음악이 위로해 줄 때가 있듯
그 누구도 들어주지 못한 말을 인형이 들어줄 때가 있겠죠.
끝까지 귀 기울여주고, 함부로 재단하거나 쉽게 평가하지도
않으며, 아무리 꼭 끌어안아도 다 견뎌준 인형이나 이불만이

애착 인형이 되고 애착 이불이 될 수 있다는 것도 알았습니다.

낡은 모든 것을 다 끌어안고 살 수는 없겠지만,
아이들이 잘 때도 꼭 끌어안고 있는 인형,
어르신들이 절대 손에서 놓지 않는 낡은 담요 같은 것을
함부로 다루지 않겠다고 다짐합니다.

뜯겨 나간 자리를 꿰매고 떨어진 건 다시 제자리에 붙여주며
오래오래 간직할 수 있도록 해야겠다, 다짐합니다.

외로움 담당 장관

정호승 시인의 시 「수선화에게」는 이렇게 시작됩니다.

"울지 마라. 외로우니까 사람이다.
살아간다는 것은 외로움을 견디는 일이다."

이 시가 그토록 많은 사랑을 받은 이유를 우리는
대충 알고 있죠. 가끔은 하느님도 외로워서 눈물을
흘리신다는데, 외로움은 사람의 특권이고,
인간을 인간답게 만든다는데, 그 외로움은 도대체
우리 곁에 얼마나 가까이 있는 것일까 생각합니다.

요즘엔 외로움을 보는 시각이 좀 달라진 것 같습니다.
특히 영국에서 그런 움직임이 두드러지는데, 외로움이 사람을
죽음으로 몰고 가는 잔인한 질병이라고 정의했고
심지어 전염병이라는 표현도 쓰고 있더군요.

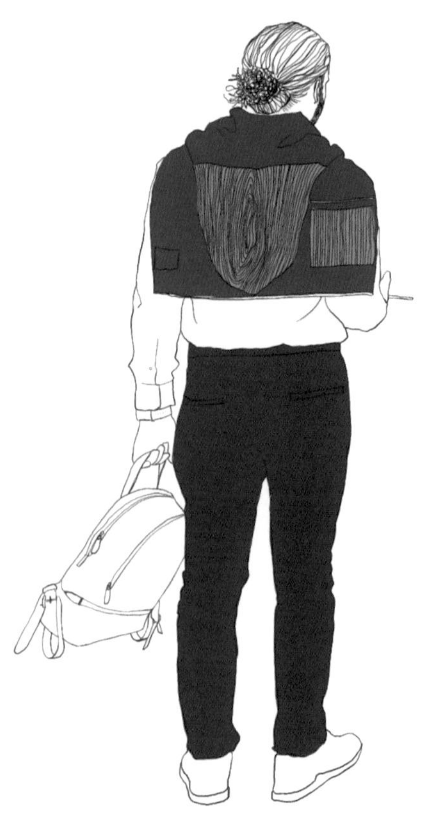

영국은 한 걸음 더 나아가 '외로움 담당 장관'도 임명했습니다.
영국 사회에서 본 외로움이란 그저 혼자 있는 쓸쓸한 상태가
아니라 소외되고 배제된 사람들, 내몰리고 무기력해진 사람들,
그들을 누르고 있는 '존재감을 빼앗긴 느낌'을 의미한다고
하네요.

외로움에 관한 영화나 소설은 뭐가 있을까 떠올려봅니다.
사실 영화나 문학작품 중에 외로움을 다루지 않은 작품이
있을까 싶습니다.
외로움을 다룬 영화 중에 가장 먼저 떠오르는 작품은 켄 로치
감독의 〈나, 다니엘 블레이크〉입니다. 소설로는 버지니아
울프가 쓴 아주 짧은 단편 「불가사의한 V양 사건」이
생각났는데, 둘 다 영국의 작품이라는 공통점이 있네요.

버지니아 울프의 단편에는 이런 대목이 있습니다.
"지금 당장 의자를 넘어뜨려야겠다는 생각이 든다. 그러면
아래층 사람이 최소한 내가 존재한다는 사실만은 알게 되겠지."
버지니아 울프의 시대에도 '외로움이란 혼자 있다는 쓸쓸한
감정을 넘어서, 세상으로부터 소외되고 잊혀진 상태를
의미했다'는 걸 알 수 있죠.

외로움으로부터 사람들을 구하기 위해 무료 의료서비스와
사회활동 참여의 기회를 늘리는 방식이 의논되고 있다고
합니다.
여러 정책도 분명 도움이 되겠지만 단 한 사람만이라도
단단하게 연결되어 있으면 되는데, 누군가가 '뭐해요?' 하고
다정하게 안부를 물으면 되는데, 우리가 손을 잡아주면 되는데,
우리가 함께 걸어주면 되는데, 법이나 제도에 의지하는 대신
서로가 서로의 외로움 담당 장관이 되어주면 되는데, 그런
생각들이 마음을 맴도는 저녁입니다.

겨울, 영상 10도

우리가 기억하는 어떤 장면 속에는 그날 일어난 일,
그날 입었던 옷, 그날 나눈 대화, 그날 들었던 음악,
그리고 그날의 공기와 그날의 온도도 들어 있습니다.
어떤 추억은 봄밤 영상 20도, 겨울 영하 5도,
이렇게 기억되기도 합니다.

어떤 분이 추억과 온도 이야기를 해준 적이 있습니다.
평균 수명이 이렇게 길어진 시대에 너무 빨리 떠나버린
오빠를 생각하는 이야기였습니다.
여동생이 추억하는 오빠는 스물다섯 살의 젊은 청년,
그날의 추억은 '겨울, 영상 10도'로 저장되어 있다고 했습니다.
'겨울, 영상 10도'의 추억은 이런 풍경입니다.
이제 막 고등학교를 졸업하고 대학 신입생이 될 여동생을
데리고 오빠는 명동성당으로 오르는 골목길을 걷고 있었고,
골목 어귀에 있던 음반 가게에서는 당시 〈겨울 나그네〉라는

영화에 흘렀던 비발디의 〈화성에의 영감〉이 반복해서 흐르고
있었다고 합니다.
그 곡은 겨울 풍경과 어쩌면 그렇게 잘 어울렸는지.

여동생은 어디서든 비발디의 〈화성에의 영감〉 3번의 여섯 번째
곡을 들으면 명동성당으로 가던 그 골목과, 영상 10도의
포근하던 겨울과, 빛나는 청춘을 지나던 오빠의 모습을
떠올린다고 합니다. 아직 명동이 옛날의 고풍스러운 명동이던
시절이었고, 골목길 판넬은 올리비아 핫세와 카라얀이
도배하던 시절이었고, 명동성당은 아주 먼 곳까지 성지순례를
온 것 같은 느낌을 주던 때였다고 합니다.
삐걱거리는 나무 계단을 올라가 대사관 정원이 보이는
다방에서 난생 처음 비엔나 커피를 마시던 순간,
갑자기 어른이 된 것 같았던 그 기억도 그날 오빠가 선물해준
추억이라고 합니다.
그 오빠가 가장이 되고, 맏이로서의 고단한 짐들을 겪어내고,
반짝이던 눈빛을 잃어버리고, 가끔씩 혼자 소리 죽여 울고,
자신도 모르게 몸에 병을 키우다가 훌쩍 떠나버렸다고
했습니다.
여동생은 몇 년 동안 그 상실감에 힘들었는데,

그리운 옛 추억에 '겨울, 영상 10도'라는 제목을 붙여주고 나니
상실감이 조금은 누그러지는 것 같았다고 하더군요.
겨울이지만 포근한 온도로 남은 추억이어서 다행입니다.

한 번도 추억을 온도로 저장해본 적은 없지만,
추억이 온도와 연결될 수도 있다는 걸 느낍니다.
대관령에 발이 꽁꽁 묶인 영하 17도의 추억도 있고,
모기장도 뚫는 모기에 물리던 '서해 바다, 37도의 추억'도 있고,
'이별하던 봄밤, 쌀쌀했던 20도의 추억'도 있으니까요.

온도로 기억되는 날들,
온도를 통해 애틋해지는 추억들.
당신에게는 몇 도의 추억이 들어 있는지 궁금합니다.

눈 내리는 날의 안부

산다는 건, 토끼의 마음이 되었다가 거북이의 마음도 되는 것.
토끼처럼 부지런하고 빠르게 성취해야 할 것도 있고,
거북이처럼 느리지만 꾸준하게 이루어야 할 것도 있습니다.
그 사이를 조화롭게 오가는 것, 그 리듬을 잘 알아내는 것이
매일 우리에게 주어지는 과제일지도 모릅니다.

거북이처럼 천천히 가라고, 조급해하지 말라고
다독다독 이불 덮어주듯 눈이 많이도 내려 쌓이고 있습니다.
점심시간 무렵까지도 햇살이 환했었는데
몇 시간 뒤의 일을 우리는 짐작조차 할 수가 없네요.
집으로 가는 길이 무척 험난한 저녁이 될 텐데
이럴수록 한 걸음 한 걸음 꼭꼭 내디디면서
천천히, 무사히 귀가할 수 있기를 바랍니다.

장엄한 귀가

"마음으론 수십 번 세상을 버렸어도

그대가 있어 쓰러지지 않습니다."

구광본 시인의 「귀가」라는 짧은 시를 읽어봅니다.

하루가 한 생애 못지 않게 길었던 날이 우리에게도 가끔

있습니다. 그런 날의 귀가는, 먼 우주에서 돌아오는 귀환

같기도 하고 간신히 살아서 돌아오는 생환 같기도 하죠.

예전에 아이슬란드에서 화산이 폭발했을 때, 그때 유럽에

출장 중이었던 지인이 들려준 이야기가 생각납니다.

화산재가 높이 치솟아서 유럽의 하늘길이 다 막혔던 그때

그분은 프랑크푸르트에 있었고, 기약 없이 발이 묶이게

되었다고 합니다. 세미나에 참석한 수많은 사람들이

프랑크푸르트에서 무려 엿새 동안 발이 묶였는데,

그때 사람들이 집으로 돌아가기 위해 얼마나 절박한 노력을

하는지 보았다고 하죠.

물론 자신도 그런 노력을 하고는 있었지만, 모두가 집으로
돌아가기 위해 기울이는 분주하고 애틋한 노력에 가슴
뭉클했다고 합니다. 집으로 돌아간다는 건 언제나 장엄한
일이라는 것, 그리고 집을 나선 사람들에겐 집으로 무사히
돌아올 책임과 의무가 있다는 걸 느꼈다고 하더군요.

겨울엔 특히 집으로 가는 길이 쉽지 않습니다.
날은 추운데 유독 오지 않는 버스를 기다릴 때,
자동차의 헤드라이트 불빛과 반대 차선의 붉은 브레이크등이
거리를 가득 메우고 있는 걸 볼 때도 '귀가'란 이렇게 숙연한
일이구나 싶습니다.

'마음으론 수십 번 세상을 버렸어도
그대가 있어 쓰러지지 않습니다'.
시의 마지막 두 줄에 우리가 집으로 돌아가기 위해 애쓰는
이유가 담겨 있습니다.
우리가 쓰러지지 않도록 버팀목이 되어주는 사람 곁으로
무사히 귀가하시기 바랍니다.
현관에 신발을 벗어놓을 때 바깥의 걱정은 모두
거기 내려놓으시기 바랍니다.

그렇게 한 해가 간다

'벌써 12월이네, 해놓은 것도 없이 한 해가 가네.'
올해가 가기 전에 만나자는 몇몇 약속을 정할 때 이런 말이
오고 갔습니다. 해놓은 것도 없이 한 해가 간다는 건 사실일
수는 있지만 진실은 아닙니다.
우리의 일상 자체가 해놓은 것 없이 시간이 흘렀다고 생각하기
딱 좋은 구조를 가지고 있습니다.
하지만 우리의 하루를 현미경으로 보듯 들여다본다면,
그 시간들이 결코 그냥 흘러간 것이 아니라는 걸 알 수 있죠.
장석주 시인의 「대추 한 알」에 나오는 것처럼 우리가 지나온
시간 안에는 태풍 몇 개, 천둥 몇 개, 땡볕 여러 달,
초승달 몇 날. 그리고 거기 더해서 눈물과 땀과 한숨, 초조함
그리고 가끔은 웃음도 몇 스푼 더해졌을 겁니다.

어느 날은 버스 정류장에 서 있다가, 지금 마주치는 모두가
얼마나 대단한 시간을 살아낸 것인가, 생각할 때가 있습니다.

빛나게 이룬 것이 없다 하지만, 매일매일을 잘 살아낸 것이
얼마나 대단한 일인가, 만만치 않은 현실로부터 숨지 않고,
약을 먹어가면서도 견딘 내가 얼마나 대단한가,
현실에서 등 돌리지 않고 끝까지 도망치지 않은 우리가
얼마나 대견한가, 그런 생각에 마음이 뻐근해질 때도 있습니다.

아무 일 없이 하루가 지나가도록 우리만 애쓴 것은 아닙니다.
우리를 사랑하는 사람들도 저마다의 삶을 잘 보냈기 때문에,
아무 일 없이 지나가는 하루는 모두 함께 받는 상과 같다는 걸
깨닫습니다. 그러니 올해 한 해는 우리가 생각하는 것보다 훨씬
멋지고 놀라운 시간이었다고 수정할 수 있기를 바랍니다.

누군가 우리를 몹시 보고 싶어했을지도 모르고,
우리도 누군가를 애틋하게 그리워하거나 눈부시게 바라보기도
했을 테니 모든 날이 우리가 생각하는 것보다 훨씬 멋진
날이었을 겁니다.
'해놓은 것도 없이 한 해가 간다'고 생각하지 마세요.
현실로부터 등 돌리지 않은 나, 잘 견딘 나, 도망치지 않은 내가
이렇게 멋지게 한 해의 끝자락을 맞이하고 있습니다.
흐뭇하고 대견한 일입니다.

반올림을 하니 가까스로 괜찮은 날이 되었다.
시소 타는 기쁨과 슬픔, 무뎌진 그와 나 사이
원치 않는 방향으로 기울어가는 하루를
힘껏 버텨본다.
수학에서 배운 가장 아름다운 말, 반올림.
반이 되면 위쪽으로 올려주는 후덕함에 기대어
참담할 뻔 한 하루를 그럭저럭 괜찮은 하루로,
'무심한 그'도 '조금은 다정한 그'로 반올림하기로 한다.

수학 용어 중에 아름다운 말이 많습니다.
정확한 것을 생명으로 하는 수학에서
정확한 값이 아니라 근삿값을 구할 때도 있다는 걸 배웠을 때
수학의 또 다른 매력을 발견했던 기억이 납니다.

마지막 수가 5 이상일 경우 한 자리를 올려주는 반올림.
계산이 복잡해질 때 반올림을 하는 것처럼
삶이 복잡하고 마음이 어지러울 땐 반올림을 활용해봅니다.
과장도 아니고, 미화도 아니고
딱 오늘의 감정을 붙들 수 있을 만큼만 반올림한다면
나 자신에게도 조금은 너그러워질 수 있을 겁니다.
수학에게 배운 가장 아름다운 말, 반올림.

오늘 하루도 수고 많으셨습니다

초판 1쇄 발행 2026년 1월 5일 | **초판 3쇄 발행** 2026년 1월 22일

지은이 김미라 | **본문 그림·사진** 김미라 조정빈
펴낸이 오연조 | **디자인** 성미화 | **경영지원** 도은아
펴낸곳 페이퍼스토리 | **출판등록** 2010년 11월 11일 제 2010-000161호
주소 경기도 고양시 일산동구 정발산로 24 웨스턴타워 T1-707호
전화 031-926-3397 | **팩스** 031-901-5122
전자우편 book@sangsangschool.co.kr
페이스북 facebook.com/paperstorybook
인스타그램 @paperstory_book

ISBN 978-89-98690-83-0 03810
ⓒ 김미라, 2026

＊ 페이퍼스토리는 ㈜상상스쿨의 단행본 브랜드입니다.